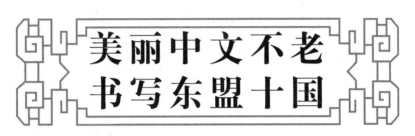

美丽中文不老
书写东盟十国

——钦州学院东南亚华文文学国际研讨会论文集

陈锦山　主　编

颜　莺　黄雪莹　副主编

西南交通大学出版社
·成都·

图书在版编目（ＣＩＰ）数据

美丽中文不老　书写东盟十国：钦州学院东南亚华文文学国际研讨会论文集/陈锦山主编. —成都：西南交通大学出版社，2016.6
ISBN 978-7-5643-4686-7

Ⅰ.①美… Ⅱ.①陈… Ⅲ.①华文文学 – 文学研究 – 东南亚 – 学术会议 – 文集 Ⅳ.①I300.6-53

中国版本图书馆 CIP 数据核字（2016）第 097613 号

美丽中文不老　书写东盟十国
——钦州学院东南亚华文文学国际研讨会论文集

陈锦山　主编

责任编辑　祁素玲
助理编辑　左凌涛
封面设计　原谋书装

印张　9.75　字数　170千
成品尺寸　165 mm×230 mm
版本　2016 年 6 月第 1 版
印次　2016 年 6 月第 1 次
印刷　四川煤田地质制图印刷厂

出版发行　西南交通大学出版社
网址　http://www.xnjdcbs.com
地址　四川省成都市二环路北一段111号
西南交通大学创新大厦21楼
邮政编码　610031
发行部电话　028-87600564　028-87600533

书号：ISBN 978-7-5643-4686-7　　定价：38.00元

目　录

世间所有的相遇，都是久别重逢

陆　衡

　　2015 年 6 月 27 至 28 日，首届以"美丽中文不老，书写东盟十国"为主题的东南亚华文文学国际研讨会由钦州学院人文学院承办，在钦州召开。参加会议的专家学者 60 名，分别来自我国内地、香港、澳门以及马来西亚、泰国、新加坡、缅甸、老挝、美国等 11 个国家和地区。群贤毕至，热烈隆重。毫无疑问，这是一次美好的相遇。

　　美好的相遇基于双方对美丽中文的共同热爱。中文是世界上最优美，最传神，蕴含信息量最大的语言之一。它是中华民族智慧的结晶，影响了整个东亚乃至世界文明的发展。东南亚是世界华文文学的重镇。东南亚华文作家借助中文保存和传递人类文明的成果，通过文学作品架设居住国与中国之间的精神桥梁，为传播中华文化、加强中国和东南亚之间的联系做出了重要贡献。美丽的中文把钦州学院和东南亚连在了一起。钦州学院人文学院的师生和东南亚华文作家在一起探讨文学的真谛，互赠诗画，徜徉在华文文学的世界里：随朵拉跋涉千山万水，跟陈琳一起到丛林探险，和许均铨畅谈人生的真谛，听东瑞夫妇回忆出版界的种种轶事，和何锦江一起用深沉忧郁的音调朗诵诗歌，甚至于黄昏时分，面对孙德安的诗进行着双重身份的思考。

　　美好的相遇建立了双方双赢互惠的关系。近年来，钦州学院坚持立足北部湾，服务广西，面向全国，辐射东南亚的发展之路，着力打造地方性、海洋性、国际性办学特色，不断加强与东盟国家经济社会发展的融合。正在探寻转型和筹建北部湾大学的钦州学院越来越重视国际化的合作，作为其中的一个分子，在整合后获得新生的人文学院自然而然地想到如何将之落到实处。与此同时，日益壮大的东南亚华文文学队伍亦迫切地希望通过与同为汉语写作者的交往来促进创作的发展与繁荣。在世界华文微型小说研究会秘书长凌鼎年先生的帮助之下，钦州学院和以东盟国家为主体的华文文学作家、研究者走到了一起。于是，在"一带一路"大背景下，从文学角度切入，研讨、推进钦州学院、钦州乃至中国与东盟十国的文学关系，促进、发展与这十个国家的文学、文化交流，不仅可能而且成为了事实。

美好的相遇为双方下一次的合作提供了平台。尽管主办方成员与东南亚华文作家大都是第一次见面，但基于对文学的爱好，更重要的是作家与评论者之间一对一的关系，极大地拉近了彼此的距离。围绕着近年来东南亚华文文学创作与发表、出版，尤其是当前微型小说的创作成绩与症结，大家进行了坦诚的交流与碰撞。当中，既有各国各地区文学信息的传播，也有客观、中肯的理性分析与学术探讨，更就东盟十国文学界与中国大陆文学界、评论界，与高校的沟通、交流、合作提出了多项合理化的建议。会议展现了钦州学院国际化战略发展的良好成效，促进了学校教师与东南亚华文作家、同行专家的联系。短短的两天的时间，大家成了无话不说的朋友，以至于临近分别的时候，竟有着一种浓浓的不舍。

电影《一代宗师》最有韵味的台词是"世间所有的相遇，都是久别重逢"。令钦州学院人感动的是，分别之后，报道此次相遇的竟有作家网、光明网、四川作家网、美国名人网、美国五洲四海网、世界精品网、澳华新华网、北部湾经济网、南国早报、泰国中华日报、澳门力报等近二十家网站和报纸。欢喜之余，希望"念念不忘，必有回响"的说法能在钦州学院与东南亚华文作家下一次的重逢中得到印证。期待下一次的相聚。

受学校党委副书记兼人文学院院长陈锦山的委托，写了以上文字，是为序。

（作者系钦州学院人文学院教授）

我所了解的东盟十国华文微型小说创作情况

世界华文微型小说研究会秘书长　凌鼎年

在"一带一路"的大背景下，从文学角度切入，研讨、推进与东盟十国的文学关系，促进、发展与这十个国家的文学、文化交流，是十分必要，十分有益，十分有价值、有意义的。"东盟十国"是东南亚国家联盟（Association of Southeast Asian Nations）的简称。成员国有新加坡、马来西亚、泰国、菲律宾、印度尼西亚、文莱、缅甸、越南、老挝与柬埔寨。东盟十国的结盟历史可以追溯到二十世纪六十年代，已有半个世纪之久。从地理上说，东盟十国都是离我国比较近的国家，有几个还与中国接壤，属名副其实的邻国。东盟十国的华人都比较多，而且与欧美国家有很大区别的是，欧美国家的华人大部分是中国改革开放后的新移民，而东南亚国家的华人，有的是二十世纪二三十年代下南洋过去的，也有的是四五十年代甚至更早移民的，不少已是第二代、第三代华人。实事求是地讲，东南亚国家的华人与国内的联系很多，他们的生活习惯、文化认同与国内也比较接近，双方有着很多共同点，可谓是地域相邻，人文相似，习俗相近，语言相通。有了这基础，东盟十国老华侨坚持国学的不在少数，用中文写作的也不少，并且还有不少中文写作的民间组织。

从二十世纪九十年代初期开始，我与东南亚国家的不少华文作家与华文报刊有了联系，二十多年来，我认识了大量的华文作家、诗人，并在东南亚各国的报刊发表了不少文学作品。因为我是世界华文微型小说研究会的秘书长，是以微型小说创作为主的，所以本文主要谈谈微型小说在东盟十国的情况，兼及其他。我最早在新加坡的《联合早报》发作品是 1991 年，发表了我的连载微型小说作品《古庙镇风情系列》。我第一次出国是 1994 年，去新加坡参加首届世界华文微型小说研究会。第二届在泰国召开，第三届在马来西亚召开，第四届在菲律宾召开，第五届在印尼召开，第六届在文莱召开，第七届在中国上海召开，第八届在中国香港召开，第九届在中国上海召开，第十届在马亚西亚吉隆坡召开，我是中国大陆唯一参加过一至十届研讨会的作家，新马泰、菲律宾、印尼、文莱六个东南亚国家我都去过，我还去过缅甸、越南、老挝、柬埔寨，也就是说，东盟十国我全部去过，像马来西亚、泰国等，我还不止去了一次。因此，我对东盟十国华文文学的状况有所了解，还有点发言权。

一 新加坡

新加坡目前大约有 600 万人口，华人有 450 万左右，占新加坡总人口的 75%，也是大中华地区以外仍保留中华文化的国家之一。因为华人是新加坡的主要族群，因此，新加坡有不少华文报刊，我知道的有《联合早报》《联合晚报》《新民日报》《我》等。目前，还在出刊的华文文学刊物有《新华文学》，系新加坡作家协会主办的；有《新加坡文艺》，系新加坡文艺协会主办的；有《赤道风》，系方然夫妇创办的；有《锡山文艺》，系新加坡锡山文艺中心主办，目前由寒川主编；还有烈浦主编的《大士文艺》等。

在二十世纪九十年代，还办过《新加坡微型小说季刊》《文学半年刊》《大地》（发微型小说与诗，贺兰宁主编）与《微型小说四月刊》等。

新加坡的华文文学组织主要有新加坡作家协会，创会会长是黄孟文博士，现任会长是希尼尔。新加坡文艺协会的创会会长是骆明，现任会长是成君。新加坡锡山文艺中心，目前负责人为寒川。

1993 年时，新加坡作家协会与中国微型小说协会一起发起首届"春兰杯"世界华文微型小说大奖赛，并承办了首届世界华文微型小说研讨会，开了一个好头。

新加坡作家协会的几任会长、副会长都写过微型小说作品。像黄孟文后期即以写微型小说为主，出版过多部微型小说作品集，获过不少奖项，在中国还获过微型小说终身成就奖、小小说终身成就奖。现任会长希尼尔与副会长艾禹也是以微型小说创作为主的。新加坡出版过微型小说集子的作家有多位，我记得的有希尼尔、艾禹、张挥、周粲、田流、林锦、林高、董农政、骆宾路、君盈绿、怀鹰、李龙、南子、方然、伍木、林子、修祥明、胡月宝、贺兰宁等。

我手头有记录的新加坡出版的微型小说集子有：

董农政 著，《伤舌》，新加坡文学书屋 1984 年版；

南子 著，《年岁的齿痕》，新加坡潮州八邑会馆 1987 年版；

《微型小说佳作选》，新加坡胜友书局 1987 年版；

周粲 著，《恶魔之夜》，新加坡热带文艺出版社 1988 年版；

《微型小说佳作选》，新加坡胜友书局华文书籍展工委会版；

彭志风 编，《新加坡微型小说选》，新加坡阿裕尼文艺创作与翻译学会 1989 年版；

贺兰宁 主编，《出售幸福》，新加坡泛太平洋出版公司出版 1990 年版；

林锦 著，《我不要胜利》，新加坡新亚出版社 1990 年版；

张挥 著，《45·45 会议机密》，新加坡作家协会 1990 年版；

周粲 著，《抢劫》，新加坡新亚出版社 1990 年版；

林高 著，《猫的命运》，新加坡新亚出版社 1991 年版；

东瑞 著，《尘缘》，新加坡成功出版社 1991 年出版；

张挥 著，《十梦录》，新加坡作家协会 1992 年版；

黄孟文 著，《学府夏冬》，中国文联出版公司 1993 年版；

怀鹰 著，《市议员先生》与《公元 2050 年》，均为 1993 年版；

周粲 编，《微型小说万花筒》，新加坡作家协会大地文化事业公司联合出版 1994 年版；

胡月宝 著，《有缘再见》，新加坡大地文化事业公司 1994 年版；

李龙 著，《困惑》，新加坡最爱出版发行服务社 1994 年版；

新加坡文艺协会 编，《赤道线上的神话——新加坡微型小说选》，中国文联出版公司 1994 年版；

《黄孟文微型小说选评》，新加坡云南园雅舍 1996 年版；

林锦 著，《春是用眼睛看的》，新加坡潮州巴邑会馆 1997 年版；

艾禺 著，《风云再起》，新加坡玲子大众传播公司 1998 年版；

董农政 著，《没有时间的雪》，新加坡作家协会 1999 年版；

骆宾路 著，《与稿共舞》，新加坡作家协会 1999 年版；

怀鹰 著，《哀悼青春》，新加坡健龙科技传播贸易公司 1999 年版；

希尼尔 著，《认真面具》，新加坡莱佛士书社 1999 年版；

田流 著，《田流微型小说集》，新加坡健龙科技传播贸易公司 2000 年版；

骆宾路 著，《一幕难演的戏》，香港获益出版社出版；

《启动宇宙小酒窝——新华文学微型小说专辑》2001 年版；

董农政 主编，《跨世纪微型小说选》，新加坡作家协会 2003 年版；

赖世和 著，《新加坡华文微型小说史》，新加坡玲子传媒 2004 年版；

林高 主编，《新加坡微型小说精品》，新加坡作家协会 2005 年版；

许福吉 编，《新加坡微型小说评论》，新加坡作家协会 2005 年版；

田流 著，《新加坡形形色色》，收录了他的微型小说、小小说与极短篇，新加坡丰顺会馆 2006 年版；

黄孟文 著，《微型小说微型论》，马来西亚大将出版社 2007 年版；

赖世和 主编，《黄孟文的微型小说世界》，第一集、第二集，马来西亚大将出版社 2007 年版；

刘海涛 著，《规律与技法+微型小说艺术再论》，新加坡作家协会 1993 年版；

刘海涛 著，《叙述策略论》，新加坡作家协会 1996 年版；

林锦 著，《搭车传奇》，四川文艺出版社 2013 年版；

林锦 著，《零蛋老师》，新加坡玲子传媒 2015 年版。

在东南亚国家中，新加坡对微型小说创作是颇有贡献的，除了首届世界华文微型小说研讨会在新加坡召开，世界华文微型小说研究会也是在新加坡注册的。首届世界华文微型小说研讨会后，黄孟文、王润华主编了《世界华文微型小说论——首届世界华文微型小说研讨会论文集》，新加坡作家协会 1996 年版。

新加坡主编过多种微型小说选本，有的还是面向东南亚各国选稿的。有多位新加坡华人作家的作品收录到教科书，如林锦的《凶手》《奖赏》。新加坡新闻与艺术理事会在 2014 年以华文、马来文、淡米尔文、英文四种文字各选一篇小说摄制成四部微电影，林锦的《回家》是唯一入选的华文微型小说，新加坡官方借此推动微型小说创作。还有多位作家被邀请到学校去讲课，并举办过多次微型小说征文。

改革开放后，去新加坡的中国人在东亚各国中算是多的，有的已入籍定居，有的拿了绿卡。像修祥明、王文献、邹璐等成了新加坡华文创作的新生力量。

二　马来西亚

马来西亚有华人 650 万，占总人口 25% 左右。马来西亚华人是马来西亚第二大民族，主要居住于马来西亚首都吉隆坡、槟城州以及霹雳州。槟城华人集中居住的老城区不但历史悠久，而且颇有规模，保留了较好的中华传统文化。

马来西亚的华文报纸有《星洲日报》《南洋商报》《民生报》《东方日报》以及《光华日报》等，都发表过微型小说作品。2014 年，《星洲日报》还发起了微小说征文，并邀请中国内地的凌鼎年与刘海涛教授，香港的东瑞去报社讲课，主讲微型小说创作，报纸作了大篇幅的报道。

马来西亚还有《马华文学》，系马来西亚华文作家协会主办的，还有《清流》，是由霹雳州作家协会主办的。二十世纪九十年代还办过一份《蕉风》，发过不少微型小说作品，后来停刊了。这几份华文刊物都发表过我的作品。

马来西亚华文作家协会的前任会长驼铃翻译过海外的微型小说作品，现任的会长曾沛女士系拿督，创作过不少微型小说作品，不但自己出版过集子，还主编过马来西亚的微型小说集子。马来西亚写微型小说最多的是朵拉，她的微型小说创作量在目前东盟十国的华文作家中是第一位的，她不但在马来西亚出版自己的微型小说集子，还在中国大陆与中国台湾出版过多本微型小说集子，并获过多个奖，是一个非常活跃的华文微型小说女作家。马来西亚的华文作家中，像陈政欣、年红、碧澄、小黑、柏一、许通元、方路、李国七、刘育龙、冯学良、苏清强、谢增英、龚万辉、邱苑妮、昆罗尔等都发表过微型小说作品。我主编的《亚洲华文微型小说选》就收录了 11 位马来西亚华人作家的作品。这其中多位出版过自己的微型小说集子，我有记录如下：

《陈政欣的微型》，马来西亚棕榈丛书 1988 年版；

年红 著，《少女图》，马来西亚南马文艺研究会 1992 年版；

碧澄 著，《退休》，马来西亚联营出版有限公司 1992 年版；

朵拉 著，《行人道上的镜子》，马来西亚华文作协 1993 年版；

孟沙 著，《未婚妻》，马来西亚南大校友会 1994 年版；

朵拉 著，《桃花》，中国台湾稻田出版有限公司 1996 年版；

朵拉 著，《误会宝蓝色》，马来西亚红树林书屋 1998 年版；

朵拉 著，《野花草坪》，中国台湾稻田出版社 1995 年版；

朵拉 著，《半空中的手》，马来西亚乌鲁冷岳兴安会馆 1996 年版；

陈政欣 编，《马来西亚微型100》，马来西亚华文作协1998年版；

朵拉、小黑 编，《走出沙漠》，马来西亚先辟企业有限公司1999年版；

朵拉 著，《魅力香水》，马来西红树林书屋1999年版；

朵拉 著，《脱色爱情》，马来西亚大将事业社2001年版；

曾沛 著，《勿让爱太沉重》，马来西亚嘉阳出版有限公司2002年版；

《2004年·南大微型小说选》，马来西亚南大校友会2005年版；

朵拉 著，《掌上情爱—朵拉微型小说》，马来西亚有人出版社2005年版（获奖）；

朵拉 著，《朵拉微型小说自选集》，中国上海文艺出版社2008年版；

朵拉 著，《长短调》，马来西亚有人出版社2008年版（获奖）；

朵拉 著，《自由的红鞋》，中国江苏文艺出版社2010年版；

朵拉 著，《巴黎春天的早餐》（收入"百年百部微型小说经典"），中国四川文艺出版社2012年版；

朵拉 著，《早上的花》，中国四川文艺出版社 2013年版；

朵拉 著，《爱一个人，可以不必让他知道》，中国台湾秀威资讯科技股份有限公司2013年版；

朵拉 著，《那日有雾》，马来西亚雪隆兴安会馆2014年版（获奖）。

挂一漏万，肯定不全。

另，世界华文微型小说研究会第一次筹委会就是在马来西亚的吉隆坡召开的，当时有十个国家的代表参与，除了新马泰、菲律宾、印尼、文莱等东南亚六国外，还有中国、日本、澳大利亚与中国香港地区的作家参加。而且马来西亚是目前除中国以外唯一承办过两届世界华文微型小说研讨会的国家。

三 泰 国

泰国约有850万华人，占泰国总人口的12%。泰国华裔参政的不少，就任总理的有28位，华人与泰国人在政治层面上的权利与义务没有明显区别。泰国有中央中文电视台、泰国华人论坛、泰国中华总商会等，还有泰国留学中国校友总会。据了解，泰国现在约有30万人在学习华文，6万多人曾经在中国留学，而参加泰国留学中国校友总会必须是泰国留学中国（包括中国台湾、香港、澳门地区）的大学生以及原为中国籍的大学生（本科、大专、大学进修、大学函授）毕业、肄业、结业而现居泰国持有泰国公民证或随身证者。历届留中总会的领导都是泰华社会的精英，负有很高的社会知名度。诗琳通公主赐任永远最高荣誉主席，几届中国驻泰大使任资深荣誉顾问。这个总会约 3 000～4 000 会员，办公室主任是曾心。而曾心也是泰国华文作家协会的秘书长，泰国的不少华文作家就是这个总会的会员。这个总会极有实力，还经常性地举办文学活动。前年，我就应这个总会的邀请去讲过一次课，主题就是微型小说创作，有 220 多人来听课。在海外，200 多人来听文学创作课，就算是文学的盛事了。

泰国的华文作家协会的永久名誉会长是司马攻，司马攻是泰国微型小说创作的主要推手，他本人也是微型小说创作的高手，出版过多本微型小说集子，还倡导写闪小说，出版过闪小说集子，我都写过评论。实事求是地说，司马攻的微型小说作品与闪小说作品的质量在东南亚华文作家中是数一数二的。泰国微型小说写得最多的是郑若瑟，他目前是泰国华文作家协会的副会长，出版过《情》字系列微型小说集子多本。曾心的微型小说虽不太多，但他是泰华微型小说获奖最多的作家。我 2013 年写了题为《田螺壳里做道场的灵光——与泰华著名作家曾心对话》的文章，发表在《华文文学》上，专门介绍他在微型小说创作的成就。近年比较活跃的作家有杨玲、若萍、晓云、梦凌，她们参与了海内外不少文学活动，发表了一定量的微型小说作品，出版了微型小说集子。杨玲负责《亚洲日报》和《新中原报》副刊主编，推出过泰国与泰国以外的微型小说作品，"世界华文微型小说大赛"的泰华作品都在这两家报纸的副刊发表。梦凌负责主编的《中华日报》副刊，多年来也发表了不少微型小说作品。

泰国在 1996 年承办过第二届世界华文微型小说研讨会，并由司马攻主编了《第二届世界华文微型小说研讨会论文集》，1997 年 5 月版。

据我掌握的资料，泰国华文作家出版过的微型小说集子如下：

司马攻（马君楚），《演员》，泰国曼谷八音出版社 1991 年版；

司马攻（马君楚），《独醒》，泰国曼谷八音出版社 1995 年版；

陈博文，《惊变》，泰国曼谷八音出版社 1995 年版；

司马攻等 主编，《世界华文微型小说名家名作丛编·泰国卷》，中国上海文艺出版社 1996 年版；

倪长游（倪隆盛），《只说一句》，泰国曼谷八音出版社1996年版；

曾天（曾固），《老年爱国者》，泰国黄金地出版社1996年版；

郑若瑟，《情解》，泰国曼谷八音出版社1997年版；

郑若瑟，《情哀》，泰国时代论坛出版社1999年版；

马凡，《马凡微型小说集》，泰国时代论坛出版社2000年版；

曾心，《蓝眼睛》，泰国时代论坛出版社2002年版；

司马攻 主编，《泰华微型小说集》，泰国泰华作协1996年版；

马凡，《放猫》，泰国时代论坛出版社2001年版；

郑若瑟，《情浓》，泰国时代论坛出版社2000年版；

郑若瑟，《情结》，泰国泰华文学2000年版；

郑若瑟，《情味》，泰国时代论坛出版社2001年版；

郑若瑟，《情债》，香港获益出版公司2004年版；

梦凌，《结》，泰国泰华现代诗研究社2006年版；

司马攻，《骨气》，泰国泰华文学2008年版；

老羊、杨玲，《迎春花》，泰国留中大学校友总会2008年版；

博夫，《情怯》，泰国留中大学校友总会2008年版；

郑若瑟，《情真》，泰国时代论坛出版社2008年版；

郑若瑟，《请勿打扰》，中国江苏文艺出版社2010年版；

倪长游，《拾遗》，泰国泰华文学2010年版；

梦 凌，《戏里戏外》，中国江苏文艺出版社2010年版；

司马攻，《心有灵犀》，泰国泰华文学2012年版；

司马攻，《我也要学中文》，中国四川文艺出版社2013年版；

曾 心，《消失的曲声》，中国四川文艺出版社2013年版；

老 羊，《芒果飘香的时候》，中国四川文艺出版社2013年版；

陈博文，《书魂》，中国四川文艺出版社2013年版；

杨 玲，《曼谷奇遇》，中国四川文艺出版社2013年版。

当然，泰国华文作家中写过微型小说作品的还不止以上这些，我有印象的还有今石、晶莹、博夫、莫凡等。我曾经先后给多位泰国华文作家的微型小说作品写过评论，并参与过他们的文学活动。泰国华文作家的微型小说集子在中国的上海文艺出版社、江苏省文艺出版社、四川文艺出版社出版的都是我主编的。这让我感到很欣慰。

泰国的华文报纸有《新中原报》《中华日报》《亚洲日报》《新暹日报》等，都发表过不少微型小说作品。这几家报纸几乎每年都发表我的微型小说作品与相关文章。像《新中原报》《中华日报》《亚洲日报》都开设有微型小说作品专栏，二十世纪九十年代时一度由我供稿，或负责组稿，还连载过我的微型小说理论文章。这些华文报纸对推进泰国的华文微型小说创作，功不可没。

1993 年，在春兰·世界微型小说大赛中，黎毅、曾心、诗雨、晓云分别获鼓励奖。

2012 年 1 月 8 日，在泰国华文作家协会会长梦莉的主持下，举行了"闪小说、小诗研讨会"，会上宣读了 13 篇论文，其中 12 篇涉及闪小说。

2012 年 1 月，司马攻出版了《心有灵犀》，收入 140 篇闪小说，系海外第一部华文闪小说个人专集。

2012 年 4 月，泰华作家协会出版了《泰华闪小说集》，收入泰华作者 36 家 379 篇作品，展示了泰华闪小说的实力。

2013 年，泰华作家协会主办了"2013 年泰华闪小说有奖征文赛"，《泰华文学》还特为 2013 年泰华闪小说比赛优秀作品出版专辑。

2012 年 3 月，泰国华文作家协会与泰国留学中国大学校友总会，特邀刘海涛教授到泰国讲授《微型小说新形态与新方法》。刘海涛对微型小说、闪小说的写作、欣赏与评论进行了论述。

2012 年 7 月，泰国华文作家协会邀请中国闪小说学会会长马长山与副会长程思良赴泰，交流探讨了汉语闪小说的相关话题。

2012 年 7 月起，司马攻闪小说集《心有灵犀》网上研讨会开始，事后汇编了《智慧的闪光——〈心有灵犀〉评论选》，于 2012 年 11 月在泰华文学出版社出版。

2012 年，黔台杯世界华文微型小说大赛，泰国曾心获得二等奖，若萍获得优秀奖，泰国华文作家协会获优秀组织奖。

2013 年，泰华作家协会主办了"2013 年泰华闪小说有奖征文赛"，《泰华文学》还特为 2013 年泰华闪小说比赛优秀作品出版专辑。

2014 年，泰华多名微型小说作者参加世界微型小说双年比赛，夺得七个奖项，其中有若萍获得二等奖，莫凡获得三等奖，晶莹、杨玲、温晓云、梦凌、吴小菡获得优秀奖。

四 印 尼

印尼的总人口已超过两个亿，是继中国、印度、美国之后的世界第四人口大国，华人大约一千万，占总人口的百分之三到四。华人很会做生意，在印尼有不少有实力的华人巨商。

十几年前的排华事件，导致了大批华校的关闭，对华文文学是个重大的打击。近几年情况相对好些，华文文学有复苏的迹象，特别是在印尼华文作协的努力下，又逐渐聚拢、团结了一批有志于华文文学创作的作家、作者。印尼华文作协举办的各种征文，吸引、鼓励了不少青少年对华文文学的兴趣与爱好。

1998 年 7 月，在莫名妙及几位热心朋友的赞助下，香港获益出版公司为印华文坛出版了由东瑞等编的《印华微型小说选》，收录了 52 位作者的作品，这是印尼的第一本华文微型小说选集。这本集子的出版推动了印华微型小说的创作。

2004 年，印尼华文作协在万隆承办了第五届世界华文微型小说研讨会。为配合会议，印华作协举办微型小说征文比赛。因为这次比赛，在印尼的华文报纸介绍了微型小说的相关情况与写作技巧等，每个月举办微型小研讨会，把精彩的微型提供给有兴趣的文友学习。期间，印尼华文写作学会还把印华微型小说翻译成了印尼文，引起了印尼主流文学界对印华微型小说的关注。征文比赛获奖作品《印华微型小说选二集》再由香港获益出版事业有限公司赞助，2004 年 12 月在香港出版。

印尼文学界认为这是印华文坛苍白的三十多年来，最繁荣的一个景象，也被很多人称为"复兴期"的印华文学。

目前，在印尼首都雅加达有《星洲日报》《国际日报》《商报》《雅加达千岛日报》，与新办的《印华日报》，共五家中文报刊，在泗水有《千岛日报》，在棉兰有《苏北国际日报》《好报》《讯报》《印广日报》四家，在西加里曼达有《坤甸日报》。这些华文报纸都有设副刊，而且每天都有副刊，因此需要稿件的量不小，这无形中培养了一批华文写作的后继。

我主编的《亚洲华文微型小说选》选了印尼 28 篇作品，计有袁霓、林万里、金梅子、意如香、夏之云、莎萍、白放情、北雁、符慧萍、松华、杨思萍、张颖、松鹤、肖章、于而凡等 15 家。

印尼华文作家协会的会长袁霓就带头写微型小说，她是世界华文微型小说研究会的副会长。近年，依然坚持微型小说创作的印尼华文作家还有晓星、于而凡、夏之云、符慧萍等。

据了解，印尼华文作协下一届的征文比赛，准备举办闪小说征稿，以推动微型小说再创一个高潮。

五　菲律宾

目前菲律宾自认为华裔的人数约有 200 万，其先祖大多来自闽南以及广东，占全菲 1 亿人口的 2%。菲律宾的华文报纸有《世界日报》《商报》《联合日报》《菲华日报》《菲律宾华报》五份，纯文学刊物有菲律宾华文作家协会主编、出版的《菲华文学》季刊，目前该刊正值改版之中，各文艺团体主要向菲律宾华文报借版推出专版性之周刊或月刊，还有一份《千岛诗刊》。

已故的菲律宾华文作家协会创会会长吴新钿是写微型小说的，他出版过包含微型小说的综合文集，还与王勇主编过《菲华微型小说集》，请我写的代序。这集子由菲律宾华文作家协会 2002 年 5 月出版，收入 13 位菲华作者作品，是菲华文坛第一本微型小说合集。

菲华庄子明的微型小说《卖身契》曾荣获中国台湾《联合报》极短篇比赛大奖。柯清淡的微型小说作品也在中国大陆获过大奖。

菲律宾写微型小说的作家不多，但对世界华文微型小说是有贡献的。1999年底，我们在马来西亚吉隆坡召开第一次世界华文微型小说研究会筹委会后，商定了研究会在新加坡注册。2001 年，新加坡有关方面提出要审查研究会的主要领导的资料，这样就必需再开一次筹委会，确定研究会领导班子的人选，但开一次国际性的筹委会很不容易，涉及经费、开会地点等一系列问题。正好 2001 年时，菲律宾华文作家协会准备与福建省台港暨海外华文文学研究会联手在福州召开"菲华文学国际学术研讨会"，我注意到参加第一次筹委会的十几位成员，已有多位收到此次会议的邀请，也就是说只要再多邀请 5 位作家，我们就可以不花钱在会中套会，召开第二次世界华文微型小说研究会筹委会了。福建方面是我老朋友，我提出后他们同意了。但这次研讨会的一半经费是菲律宾华文作家协会出的，必须得到他们的同意才行。我与吴新钿联系后，他一口答应，并爽快地提出，增加邀请的五位作家的费用全部由菲律宾华文作家协会负担，就这样增加邀请了海内外5位作家。我们会中套会，商定了世界华文微型小说研究会领导班子的框架、人选，使得在新加坡的注册顺利通过。

2002年5月在菲律宾召开"第四届世界华文微型小说研讨会"，我又提出，能否把成立大会作为这次研讨会的一个内容，吴新钿会长又爽快答应。而且，按菲律宾的规矩，安排了宣誓仪式等环节，很庄重。这样，世界华文微型小说研究会在马尼拉正式成立，整个成立大会我们研究会没有花一分钱，都是菲律宾华文作协负担的，我至今感谢吴新钿，感谢菲律宾华文作协。

在我印象中，菲律宾出版过微型小说集子的有张淑清，她于2005年出版菲华第一本微型小说个人选集《张淑清微型小说集》，由王勇主编。继后，菲华作家许少沧也在台湾文史哲出版社出版微型小说集。菲华吴新钿、柯清淡、王勇、林素玲、林秀心、蔡明正、张淑清、庄子明、郭锦玲、黄梅等作者，都参加过多届世界华文微型小说研讨会。菲律宾华文作协曾主办全菲华文微型小说征文比赛，推广微型小说创作。

吴新钿是世界华文微型小说研究会的创会副会长，吴新钿去后，现增补菲律宾华文作家协会秘书长王勇为世界华文微型小说研究会副会长。王勇虽然自己写微型小说作品不多，但他写了不少评论微型小说与作者的推介文章，是海外汉语闪小说的主要倡导者之一，为中国的闪小说推波助澜，推荐给菲律宾和东南亚的华文报刊发表，还自2008年开始撰写了一系列有关闪小说的理论文章、评论文章，于2014年7月在菲律宾出版世界首本华文闪小说个人评论集《掌上芭蕾——王勇话闪小说》。从海外影响大陆，目前闪小说在中国颇为红火，王勇是有贡献的。

应该讲，在东南亚六国中，菲律宾的微型小说创作是相对较弱的。我主编的《亚洲华文微型小说选》，只收录到柯清淡、张灵、林素玲、苏荣超、黄梅等5位的作品。现任的菲律宾华文作家协会的会长明澈（吴彦进）已八十多高龄，不懂电脑，与外界联系较少，外出参与海外文学活动已力不从心。

但近年，菲律宾华文文坛却积极参与闪小说的推广。2015年出版由中国闪小说学会主办、主编的《闪小说》季刊，参与和福建相关文学机构联办"2014—2015年度庄逢时微文学奖"，其中的微小说即属微型小说范畴。目前，菲华兼写微型小说、闪小说的作者有柯清淡、林素玲、小华、黄梅、白浪、林秀心、张灵、苏荣超、温陵氏、郭锦玲、许少沧、张淑清、蔡明正等，他们正在探讨、计划筹组微型小说与闪小说组织，以期有系统、有组织地来推广微型小说与闪小说，让我们拭目以待！

六　文　莱

文莱是个小国，总人口才 40 万左右，华人约 4 万多，占文莱总人口的10%。华人人口虽不多，却有八间华校，分布全国各城市与乡镇。文莱是个比较富裕的国家，老百姓安居乐业，文化氛围不错。

文莱有文莱华文作家协会，会长是孙德安。文莱华文作家协会成立迄今已经十年了，正在庆祝十周年的活动。活动上推展的文莱华文文学新书就有5 本，作者分别为梁友情、一凡（王昭英）、刘华源、海庭、罗米欧。文莱华文作家协会还赠书给全文莱 8 所华文学校及文莱留台同学会。

文莱著名女作家王昭英，笔名一凡、宁静，1968 年随丈夫从新加坡到文莱定居。1994 年在新加坡召开首届世界华文微型小说研讨会，她就来参加过。目前参与编辑文学刊物。她主要写微型小说，作品收录到《亚洲华文微型小说选》《女作家微型小说选》等多种版本中。《一凡微型小说及其赏析》，由王昭英著，中国的评论家钦鸿赏析，由新加坡斯雅舍 2008 年 9 月出版。王昭英的微型小说特色是篇幅短小，内涵深厚，寓意深远，化复杂为简约。她除了写微型小说外，还写散文、诗篇兼及评论。她第一本作品集为《洒向人间都是爱》，第二本《跨越时空的旅程》，是以爱写情、以心观景的结晶。

王昭英的夫婿刘华源，笔名柳浪、梁友、慕沙，是位律师，却热心华文教育，曾经与王昭英参加过多届世界华文微型小说研讨会。他出版了《双飞集》，对文莱华文文学有深情期待。

文莱华文文学的老将张银启，笔名海庭，曾经参与操办过第六届世界华文微型小说研讨会，也创作过一定数量的微型小说作品。《亚洲华文微型小说选》也收录过他的作品。

煜煜的微型小说集《下一步棋》，2006 年 5 月在砂拉越华文作家协会出版。

文莱华文文学的发展与孙德安的热心推动有莫大关系。他在教育界任过教师、校长、校董等职，如今担任了亚洲华文作家协会会长、世界华文作家协会副会长、世界华文微型小说协会副会长、文莱中华文艺联合会主席、第一届文莱留台同学会会长、东南亚华文诗人笔会常务理事主任、中华总商会文教主任等。当选为文莱华文作家协会会长后，做了不少实事。比如成功举办过几次重要的国际会议：2002 年的"亚细安华文作家文艺营"，2005 年的"东南亚华文教学研讨会"，2006 年的"世界华文微型小说研究会"，2012 年的"东南亚诗人笔会"等。

孙德安懂电脑，与外界联系多，比较活跃，参与了海内外不少的文学活动。他在促进文莱文坛与外界交流的同时，还笔耕不辍，创作微小说、散文、诗歌等，出版过微型小说集《百年一得》与《千年一顾》《文莱河上图》《期待》（六人合集），主编《名人笔下文莱——和平之乡》等。

文莱华文作家协会承办过第六届世界华文微型小说研讨会。参加会议的各国作家在孙德安的安排下，还与文莱国王见面、握手、合影，至今令人印象深刻。

七 缅 甸

缅甸与中国接壤，人口约 6 028 万（2010 年）。缅甸华人移民在二十世纪三十年代人数激增，到第二次世界大战时，华人人数已达 30 万，约占当时总人口的 1%。目前到底有多少华人，没有统一的说法，大约有 300 万。

二十世纪五十年代，仅仰光就有 4 家华文日报、3 家华文周刊，全缅甸有超过 200 所华校。后来，政治形势发生变化，华人的处境就艰难了。不少华人都移居到其他国家与地区，华文报刊都停了。1998 年 11 月，中文周报《缅甸华报》在仰光出版发行，编辑部设在仰光 36 条街 212 号（A）2 楼。每逢星期三出版，每期 14 版，彩色封面。于 2004 年 10 月 18 日停刊，6 年共出版 315 期。

另有一家半月刊《金凤凰》华文报纸，创刊于 2007 年 10 月 1 日。《金凤凰》始终秉承"友谊之桥梁、信息之平台、华教之园地"的办报宗旨，把传承中华文化作为己任，在飞翔中努力发挥华文媒体在传承中华文化方面的基本功能、特定功能和最佳功能。

缅甸目前没有专门的华文作家协会，2012 年成立了一个"五边形诗文组合"，都是青年人，现有 11 位成员。另有一个"缅华笔友协会"，简称"缅华笔会"，属跨区域的文学社团，凡是在缅甸出生或与缅甸有牵连的文学爱好者都可以参加，成员由缅甸各城、镇的华人，定居中国内地及台、港、澳、美国等国家和地区的缅甸华侨华人等组成，2014 年 8 月在澳门正式注册成立，联络地点设在澳门，会长是康宁英，现有会员 66 人。2015 年 3 月出版《缅华文学作品选》2015年春第一期，收录近70位缅华作者的各类文学作品，并组团7人出席2015年3月在仰光召开的"第8届东南亚华文诗人代表大会"。

《亚洲华文微型小说选》收录了缅甸作家段青春、洪琴棋、王之瑜、叶星等4人的作品，另有出生在缅甸现已移民到美国的伍全礼、朱徐佳，移民到澳门的许世儒，移民到北京的蔡子琛等8位作家，可见缅甸华文作家的创作并不弱。

出生缅甸现定居澳门的许均铨是微型小说作家，他出版过三本微型小说集子，我为他的集子写过代序与评论。三本集子分别是：

《澳门许均铨微型小说选》，华人国际新闻集团2006年版；

《一份公证书》，光明日报出版社2010年版；

《西蒙的故事》，四川文艺出版社2013年版。

他的作品还收录进《亚细安·现代华文文桌作品选·缅甸卷》，2013年由新加坡青年书局出版，与《缅华文学作品选》2015年春第一期，由经纬出版社出版。

许均铨还与他人合作编著：

《缅甸佛国之旅》，2002年出版；

《缅甸华文文学作品选》，澳门缅华互助会出版社2005年版。

许钧铨是比较热情、比较活跃、比较勤奋的一位作家。他的儿子许世儒、女儿许云也都写过微型小说作品，属书香家庭。

八 越 南

越南与中国的广西、云南接壤，总人口9 000多万，华族为100万左右，占越南总人口的1%。按照越南各民族人口数量排名，华族是越南第八大民族。

据说胡志明市的华人有50多万，占胡志明市人口的5%，但华人占该市经济的比例高达30%。2007年，胡志明市文化厅举办过华人文化日。

越南目前有华文文学网，我的朋友谢振煜在负责，他是诗人、作家，办有华文出版社。今年春节，他到上海来看望老朋友时，我特地去上海与之见面。

此后，我主编了《中国微型小说选》，准备在越南出版，希冀藉此推动越南的华文微型小说创作。

越南目前的华文报纸有《西贡解放日报》《越南华文文学季刊》《文艺季刊》《谢振煜脸书》等。

我主编的《亚洲华文微型小说选》，"越南"一节收录了谢振煜、张国勇、潘氏黄英、豪武、蔡生、阮光忠、黎清惠、阮本、祥隆等9位作家的作品。

九　柬埔寨

柬埔寨全称柬埔寨王国，旧称高棉。柬埔寨人口近1 500万，华人100多万，华人在柬埔寨社会、经济生活中发挥着重要的作用。

全柬社团及华文学校主管单位为柬华理事总会。根据统计，截至2014年5月，华文学校学生41 501人，教师1 058人，单金边端华学校学生已达16 750人，教师280人。

在战争前，柬埔寨最著名的华文报刊是《棉华日报》，其次有《工商日报》《生活午报》《湄江日报》等多家，中文在柬埔寨有一席之地。1967年，"文化大革命"期间极"左"思潮殃及柬埔寨侨社，闹出一个外交事件，西哈努克大怒，全部关闭了华文报纸，改由他的一个留学中国回来的王子创办一家官方的华文报纸《柬埔寨日报》，直至1970年3月朗诺政变后关闭。

红色高棉时期，严禁华文华语，华文报刊、华文文学遭到毁灭性打击。我参观过红色高棉罪恶馆，那种反人类的罪行，触目惊心。

红色高棉倒台后，洪森执政，允许华人办学办报。目前，柬埔寨中文报社有五家，分别为《华商日报》《柬华日报》《星岛日报》《金边晚报》《高棉日报》。《高棉日报》为16版彩色对开大报，由柬埔寨国际合作机构主管，高棉国际传媒集团主办。该集团目前已在柬埔寨发行中、柬文月刊《高棉经济》杂志。

战争对文化的破坏极大，有才华的柬埔寨华人作家大都逃亡到欧美以及周边国家与地区。

移居、旅居世界各地的柬埔寨华文作家、诗人，我知道的有：

诗人卢国才，1953年生，现居加拿大满地可，在古诗词创作方面很有成就，已出版 5 本诗集，还组织过一个诗社，去年在中国台湾曾获得世界诗人大会颁发的杰出成就奖，他的随笔也很丰富。

黄惠元，1981 年从柬埔寨逃难到澳洲，现居墨尔本，现任世界华文作家交流协会常务顾问等职。重要著作有长篇小说《苦海情鸳——血泪浸湿的高棉农村》，散文集《华声集》《异国家乡》《人生欣旅》等。我应邀去墨尔本讲课时，见到过他，一起吃过饭，交流过，是一个很儒雅的文化人。

移居香港的许昭华是我老朋友，在香港见过两次，我们保持着较为密切的联系。他写诗词、杂文、散文诗，著有《闲斋漫拾》。

林新仪，写散文、散文诗、长篇小说，著有《血色回归路》三部曲，已完成《祈祷和平》《峥嵘岁月》二部，第三部在创作中。

蚁松裕，写新旧体诗、散文诗，著有《蚁松裕诗文集》。

陈予，写散文、杂文，著有《重圆金边月》。

姚思，写长篇小说，著有《叶落湄江》。

其他还有曾家杰（杂文、论文）、老牛（杂文、回忆录）、罗珠（散文、散文诗）、李文西（散文、诗词）、郭亨青（诗词）、王英（杂文）、郭庆（诗词）、刘俊棉（散文、诗词）、姚洪亮（新旧体诗）、江丽珍（游记、散文、诗词）、蔡丽华（散文、诗词）、王启南（散文）、翁开顺（散文）、傅金球（散文）等，他们的作品常见于海内外华文报纸、杂志。

柬埔寨的微型小说创作很弱，我主编的《亚洲华文微型小说选》，只收录到林新仪一位作家的作品。

柬埔寨的华文文学创作目前处在复苏期，据说有多位原柬埔寨国籍的华文作家在默默笔耕不辍，努力将当年的血泪历史以文学的形式传之于后世，相信他们的作品早晚会出版，让世人对柬埔寨华文作家刮目相看。

今日的柬埔寨，新生代的华文作家正在缓慢积累，还谈不上崛起。不过，随着华文教育的大力普及推广，相信若干年后，会涌现一批华文作家、诗人。

十　老挝

老挝，又称寮国，总人口约 678 万，华人有 30 多万，约占 5%。

没有听说老挝有华文报纸，也没听说有华人作家协会之类的组织。龙攀是老挝未来传媒有限公司的总经理，这个公司也是我迄今唯一听说的华文文化机构。

老挝未来传媒目前在老挝出版一份中老文杂志《老挝商业资讯》，运营新媒体微信公众号，老挝资讯网——www.360laos.com。

目前老挝华人圈的中资公司，与商人、翻译人员、管理人员以及教育界、文艺界人士每天都会看老挝资讯网发布的新闻资讯，大使馆和很多的中资机构也每天必读，很多国内的研究机构都引用这家传媒公司的信息。老挝本地的公司、银行也经常援引这家传媒公司的信息作为决策依据。老挝未来传媒公司已经在老挝成为主流的中文传媒平台。最近在策划的系列栏目有"人在老挝"，讲述老挝华人的创业故事，另外在华人艺术方面也在涉足，最近准备组织云南省油画艺术家代表团来老挝交流访问。

老挝常务副总理凌绪光是华人第二代，他目前不但是老挝的常务副总理，还是老总友协的会长。2013年时，我与凌文斌、凌耀华率领31位凌氏宗亲组成"中国凌氏宗亲访问团"去老挝，去他的家里拜访了凌绪光副总理，他还设家宴招待我们。去年凌绪光来中国访问，我们又在北京见了一面。他的胞弟凌绪荣与我们保持着联系。

值得一提的是2011年7月，苏州大学在老挝开办了老挝苏州大学，是获得老、中两国政府批准、支持的中国在海外创建的第一所高等学府，开创了中国高校赴国外办学之先河。学校校址位于老挝首都万象，我去访问过，主要负责人都是从中国大陆过去的。作为一所综合性高等学府，老挝苏州大学承担着大学的教学、科研和社会服务三大职能。该校正努力推进着中文教育，间接地培养着华文文学人才。我想有这层关系，老挝的华文文学还是有希望的。

"东盟十国"都是我国的周边国家，与我国的往来历史悠久，华人与华裔都不少。就华文文学而言，新加坡、马来西亚、泰国、菲律宾、印度尼西亚等五个国家相对比较繁荣，写作人才多些。文莱、缅甸、越南这三个国家相对弱些，而老挝与柬埔寨这两个国家的华文文学创作，还没有形成气候，但这两个国家的华人并不少，我们要多做研究，多做沟通，多做交流，以推动他们的华文文学创作，我们有理由期待，但我们更要努力，做些力所能及的实事。

作者简介：

凌鼎年，1994年参加中国作协，系世界华文微型小说研究会秘书长，美国纽约商务出版社特聘副总编，香港《华人月刊》《澳门文艺》特聘副总编，美国"汪曾祺世界华文小小说奖"终评委，香港"世界中学生华文微型小说大赛"总顾问、终审评委，蒲松龄文学奖（微型小说）评委会副主任，首届全国高校文学作品征文小说终评委，世界华文微型小说双年奖终评委，美国小小说总会小小说函授学院首任院长，在《人民文学》《香港文学》等海内外报刊发表过3000多篇作品，900万字，出版过40本集子，主编过180多本集子。作品译成英、法、日、德、韩、泰、荷兰、土耳其等多种文字，16篇收入日、韩、美、加拿大、土耳其、新加坡、中国香港的大学、中学教材，100多篇收入海内外400多种集子。作品曾获世界华文微型小说大赛最高奖、冰心儿童图书奖、紫金山文学奖、首届叶圣陶文学奖、首届吴承恩文学奖、首届吴伯箫散文奖、首届孟郊奖、梁斌小说奖、李白杯奖、屈原杯奖、小小说金麻雀奖、小小说事业推动奖、中国微型小说学会年度一等奖（7次）等300多个奖；在以色列获第32届世界诗人大会主席奖，被上海世博会联合国馆UNITAR周论坛组委会授予"世界华文微型小说创新发展领军人物金奖"，被全美中国作家联谊会授予"世界华文微型小说大师"奖。

浅谈缅华文学书籍出版

——从《缅华文学作品选》2015年春第一期说起

缅华笔会会长　康宁英

　　2015年是缅甸华文文学创作划时代的一年。

　　为推动缅华文学创作，缅华笔友协会（简称：缅华笔会）于2014年8月13日在澳门正式注册成立。缅华笔会成立后的第一件事就是要出版一本《缅华文学作品选》期刊，即日开始向外征文，征集缅甸各市、镇及散居到世界各国的缅甸华侨文学爱好者的作品（包括散文、小说、现代诗歌、古典诗词、戏剧等），2014年12月31日截稿，出版日期定在2015年3月。

　　这本书主编：许均铨，副主编：高德光、陈汀阳、林郁文、朱海鹰、刘贤敬等，他们都是出生在缅甸的华侨。全书270页，收集了近七十位缅甸华侨、华人、缅甸归国华侨、侨眷作者的作品，此书包括小说、散文、现代诗歌、诗词、论文等。作者遍布在缅甸的南部海滨、北疆山脉、东部掸邦至西部克钦邦，还有从缅甸移民到中国各省市（包括台湾、香港、澳门地区）、美国等国家和地区的缅甸华侨、华人，年龄从十几岁的中学生到九十余岁的老前辈，作品也描述了横跨两个世纪近百年在缅甸的轶事。这部期刊为缅甸与世界接轨，用华文这种十几亿人通用的文字写作，直接或间接地宣传缅甸的风土人情，歌颂缅甸的文学艺术，是缅甸华侨、华人作者为居住国做出的应有的贡献。

　　从期刊中可以看到仰光大金塔的金光灿烂，古都曼德勒的皇城沧桑，如花园般的彬乌伦市，美轮美奂的腊戍山城，缅甸掸邦的风土人情，缅甸乡镇（山芭）生活，克钦邦的边陲小镇，如诗如梦的缅甸翡翠，还可以见到二十世纪四十年代抗日战争的硝烟，看到远征军在缅甸这块土地上的英勇战绩，等等。

　　这期刊收录了"五边形诗文组合"的作品，该文学社团于2012年成立，是缅甸近50年来成立的第一个华文文学社团，现有11位成员，都是"70后""80后"的缅甸果敢族青年、华族青年。"五边形诗文组合"是缅甸华文文坛上珍贵的翡翠，他们灿烂夺目的光彩，已展现在东南亚华文文坛上。

更可喜的是，期刊收入了"抹谷雨诗社"的作品。这个文学社团于2012年成立，是缅甸第二个华文文学社团。抹谷市是缅甸盛产红宝石之地，出产世界上最好的红宝石。"抹谷雨诗社"现有23位小诗人，这次收录了每位小诗人一至二首（篇）的诗歌、散文。他们都是中小学生，却写出各具风格、有理想的作品，他们是一块刚出土的红宝石，从他们的作品足以见到缅甸华文文学创作的薪火相传。

要在2015年3月出这本书的目的是：缅华笔会要组团到缅甸仰光出席"第8届东南亚华文诗人代表大会"。缅甸已有50年没举办过世界性的文学活动，这一次由"东南亚华文诗人大会"及缅甸的"五边形诗文组合"联合主办的活动，得到东南亚诸国、中国、欧洲诸国等13个国家和地区共计135位代表出席支持，是缅甸华文文坛的一大盛事。凡此种种，使得2015年也成了缅甸华文文学活动划时代的一年。

令人感到吃惊的是，这一次诗会竟有十本缅甸出版的文学作品，任与会者索取，这是近50年来从没出现过的事。以下是部分文学书籍的资料。

《五边形诗集二》，合集，收录十位成员作品。

《一方诗》，方角张祖升、一角张琳仙合作。

《远处的山近处的水脚下的泥土》，诗集 转角段春青。

《原上》，诗集 号角王崇喜。

《十二个太阳和十二个月亮》，诗集 奇角黄德明。

《时间的重量》，诗集 广角王子瑜。

《三轮车》，小说 奇角黄德明。

《双木兰诗选集》，周扬波。

《默谷雨的美》，抹谷雨诗社。

《缅华文学网诗文选集》。

缅甸仰光市的"第8届东南亚华文诗人代表大会"，主办单位展出一批近十数年出版的缅甸华文文学书籍，有（见附图）：

（一）《黄绰卿诗文选》

（二）《缅甸华文文学作品选》（林清风，张平，郭济修，许均铨合编）

（三）《缅甸佛国之旅》（林清风，许均铨编著）

（四）《吟草》朱波吟社出版（古诗词集）

（五）《永新文艺》（2005年合编，原是20世纪80年代的手抄本形式的4期杂志）

（六）《浪影诗文集》（2005年出版）

（七）《缅华百年史话》（冯励冬著）

（八）《缅华社会研究》（1、2、3辑）（林清风，洪新业编）

（九）《胞波风韵》（陈尊法著）

（十）小小说《一份公证书》（许均铨著）

（十一）《伊江书情》（林德基著）

（十二）《缅华人物志》（张望，张新民主编）

（十三）《澳门许均铨微型小说选》

（十四）《Min ga lar bar 伊江》（林德基著）

（十五）微型小说《西蒙的故事》（许均铨著）

（十六）《缅华诗韵》（张新民主编）

（十七）《缅甸归侨俩》（陈兆福，叶国治著）

（十八）《缅华散文集》（陕西省缅甸归国华侨联谊会编）

缅甸华文文学作品选

缅甸佛国之旅

黄绰卿诗文选

吟草封面

永新文艺

浪影诗文集

缅华百年史话

缅华社会研究（1、2、3辑）

胞波风韵　　　　　小小说集《一份公证书》　　　　伊江书情

缅华人物志　　　澳门许均铨微型小说选　　　Min ga lar bar　伊江

西蒙的故事　　　　　　**缅甸归侨俩**　　　　　　**缅华散文集**

2006年由澳门林清风、郭济修、张平、许均铨合编，由澳门缅华互助会出版的《缅甸华文文学作品选》一书在澳门出版了，此书收集了200多位作者的古典诗词、现代诗、散文、小说等，共500页，其中有段怀沈、丘伟文、周扬波、尹纪泽、尹文琴、杨经、李祖清等21位诗人的51首现代诗，这是缅甸华文文学现代诗第一次集中出版，这一次已填上空白。可喜的是这本书附有一批杨茂兰、谢莹莹、张振碧、金芬、岑梅岭、明惠娴、杨艳菊、李国强、李家文等13位青年诗人的14首诗。这是缅甸华文现代诗的后起新秀。

另一本书也是特别有意义的,就是由陈荣照主编、新加坡青年书局出版的《亚细安现代华文文学作品选》丛书（2013.09）,一共有 9 本,缅甸卷由许均铨主编,编委有陈汀阳、林郁文、马越民、叶星等。全书有 364 页,收集了缅甸 41 位作者的小说、散文、现代诗,共计 97 篇（首）。

由张新民主编、经纬出版社出版的《缅华诗韵》（2012.07）有现代诗、古典诗词、作者简介等共计 330 页,其中收集了蔡子琛、曹国秀、陈樽、晨阳、段怀沈、段春青、郭南斯、黄德明、黄幸、李开兰、李文宽、李祖清、林德基、林枫、林蒂、林环岛、林雨萱、马越民、丘伟文、王东白、王崇喜、王子杰、五边形组合、萧娇娇、谢海利、谢树正、谢松伟、欧夏季、谢真珠、许均铨、许琳、杨俊辉、叶国治、叶星、禹风、张琳仙、章平、张新民、张祖升、周蒂芸、周扬波、更生、朱徐佳等 43 位诗人共 164 首现代诗。

现在介绍一下《五边形诗文组合》,这是缅华文坛上的一批幼苗,在他们

源源不断的作品中,展现出他们强大的生命力。《五边形诗集》（2012.07）由五边形主编,由美国的非马、缅甸的雅泉、新加坡的陈剑、中国台湾的李瑞腾、缅甸的苏懋华等分别写序,由缅甸华文文学网出版。这本诗集共收集了方角张祖升、转角段春青、号角王崇喜、奇角黄德明共 91 首现代诗。

最难得的是,《五边形诗文组合》在发展,广角王子瑜、一角张芙秀、风角禹风、云角明惠云、凌角耿学林、海角何健彪、圆角舒圆先后加入,现在共有 11 位了,《五边形诗文组合》阵容更大了,我们希望他们保持青年诗人的特色,再发展到 20 位、30 位。

缅华文学创作进入一个新时代,通过这一次钦州的第一届东南亚华文文

学国际研讨会，缅甸华文文学一步步融入东南亚华文文坛，也希望国内及世界华文文坛的更多的专家、学者关注缅华文学，谢谢！

作者简介：

康宁英，女，缅甸归国华侨，1945年生，祖籍福建同安，毕业于缅甸仰光市华侨中学，在缅甸期间曾发表过文学作品。1977年定居澳门。在中国、印度尼西亚等国家和地区报刊上发表过各类文学作品。系2004年出版的《胞波情》编辑委员会主任。

复兴中的印华文学简谈

东瑞　瑞芬

九十年代末：复苏前乍暖还寒时期的不屈

20世纪60年代至90年代，华文遭到强权整整三十五年的禁止，印尼华文文学处在严寒冰冻阶段。三十几年是一代人成长的岁月，时间够长，加上与文学配套的华校、华社也全部遭封闭，印华文学遭到空前的、中外罕见的严重打击，被残害的情况是相当严重的。

从60年代中期到90年代末期，虽然仍然存在一份由印度尼西亚情报部主办的半版篇幅印尼文半版篇幅华文的《印度尼西亚日报》，有不少写作爱好者在上面发表文章，小型的文学作品只能在石头与石头之间的隙缝里挣扎求存，单行本、华文杂志、报纸，依然不允许出版。很多有关印华文学的出版就转入地下，或转移到国外，比如中国香港和内地。黄东平的《七洲洋外》《老华工》、中短篇集等著作在七十年代都辗转托人在中国香港和内地出版。厦门鹭江出版社出版了印华文学丛书，印华作家入选的有十个人。苏哈托政权在1998年5月暴乱后下台，但印尼的华文文学爱好者早就不畏强权，在1996年中秋节于雅加达的避暑胜地本哲举行了名义上是中秋联欢、实则上是复兴印华文学的誓师大会，当时印度尼西亚各地约有两百人参加，影响非常深远。另外，我们获益出版事业有限公司成立于1991年，由于第二故乡的情缘，以各种方式见证、协助了印华文学书籍的出版。值得一提的是，从1993年到2000年政治气候乍暖还寒的七年间，我们共出版了与印华文学有关的书籍至少二十五种，例如，李伟康（阿五）的《扑满》《杏子》《红珊瑚的故事》《人约黄昏后》，严唯真编的《翡翠带上》，袁霓的《花梦》，白放情的《春情》，莫名妙的《妙谈人生》，合集《良师益友》，林万里编的《印华短篇小说选》《严唯真诗文选》，曾三清的《挣扎》《自珍集》，东瑞主编的《印华微型小说选》《莫名妙极短篇》，林万里的《印度尼西亚侨生马来由文学研究》，高鹰主编的《印华散文选》，碧玲的《摘星梦》，冯世才的《秋实》《遥寄》，陈宁的《脚印》，茜茜丽亚的《只为了一个承诺》，东瑞的《流金季节——印华文学之旅》（正编）。这里说明一下，《流金季节》是于2000年出版的印华文学评论集，到了2006年又出了它的续篇。另外，在这黎明即将到来，但天还是漆黑未亮的重要时刻，出版非文学类的图书还有《华裔的悲情——印尼暴徒践踏人权实录》《五月暴乱图册——印尼华裔的悲情》，虽然不是文学，但在道义和精神上支持了当地的华人和文友。当时我们在香港将《华裔的悲情》义卖，连印了几次，将募捐得来的善款通过那里的文友交给一位支持、援助和同情受害华人妇女的印尼神父。

1999年印尼政治气候乍暖还寒，印华作协的成立还不敢公开，其理事名单还不敢在会刊上公开，印华作协的会刊《印华文友》创刊号到第四期还是我们在香港找资源协助他们出版后又用多种方法寄到印尼的。当开明的瓦希德总统正式废除华文禁令，印华作协组织的活动才从地下转到地面，从秘密变成了正式和公开。迄今，《印华文友》已经出版47期。如果正常出版，那是季刊，不定期时至少一年也出两期。它坚持出版已经长达15年之久，不容易。顾问还是创刊号上的：刘以鬯、犁青、东瑞、骆明、寒川、云里风、司马攻、潘亚暾、章萍萍、符兆祥。主编是老作家莎萍，副主编是幸一舟。编委是陈诵林、雯飞、小心、肖章、黄碧珍。一本会刊，也是一个文学组织存在的象征，他们表示，刊物再薄，也要坚持出版。会刊是印华作协联络会员的纽带，也是与国外兄弟组织联系的媒介。

新世纪初期：征文比赛的繁荣和报纸副刊的开设

为了弥补失去的时间，在这十几年时间，印华作协和国际日报联合举办了五次征文比赛，并邀请国外的作家、学者作评判。第一次是游记比赛，结集成书为《湖光山色画中情》；第二次是微型小说比赛，结集成书为《印华微型小说二集》；第三次是散文比赛，结集成书为《那一树灿然》；第四次是短篇小说比赛，结集成书为《浴火重生》；第五次是报告文学比赛，在 2015 年年底举行颁奖礼。这几次比赛入围的奖金不少，有些平时不太写作的作者也参加了。在比赛中，涌现出一些常胜将军，如晓星；另外在中国全国性的赛事中，得过奖的有袁霓、晓星、周福源等；中国大型小小说丛书里，个人集出书的有袁霓、晓星、金梅子等。海内外的各种文学比赛有助于推动印华写作人的创作热情，也加强了印华写作人与外界同道的文学交流。

华文解禁后，催生了好几家华文报纸，主要有雅加达的《国际日报》《星洲日报》（原名《印度尼西亚日报》）、《印华日报》、泗水的《千岛日报》、棉兰的《好报》《印广日报》，等等。这些报纸除了刊登国际及本地新闻、广告，转载一些言情小说和武侠小说、医疗知识，也仿效印华早期的华文报纸和港澳报纸，都开设文学副刊。这些副刊有不同的名称，如耕耘（莎萍主编）、赤道火花（思萍主编）、百花园（杨云主编）等，请不同的文友当主编，每周出版日期固定，大部分是按文学社团、地区来划分。东区以泗水为中心，《千岛日报》兼负团结文友的重任，出版有《东区文苑》季刊（范忍英主编）、《诗之页》（叶竹主编）半月刊。副刊对稿件的需求量很大，给了写作爱好者篇幅足够的发表园地以练笔写稿，其方针各自不同。有的要求写当地，有的不赞成用外稿，有的编者还在摸索中，在兼顾当地作者、突出地方特色的同时力求与用外稿取得平衡，达到互相交流、吸取外国华文文学有益营养的目的。

由于读者对象断代，懂得华文的大都在五十岁以上，新一代读者还只是十几岁，仍未完全成长和成熟，因此出现了几个问题。一是报纸的销量很少，从几千份到一万份，不足以维持基本开支，有的报纸亏本贴钱，有的报纸没有稿费，或者只是象征性地发给很少的稿费。二是有的报纸也担负起培养下一代华文读者和写作者的责任，有几家的报纸就每周辟出专版，给学华文的小学生发表同题作文，鼓励他们，也算是一种培养文学接班人的工作。最令人感动的是泗水的《千岛日报》，每逢星期二就固定出版一大版小学生的同题作文，鼓励他们的写作热情。如果我们乐观地看问题，那么随着越来越多的下一代懂得华文，华文报刊是不会断绝或消失的。

印度尼西亚的华文刊物也是这样，有的刊物虽然经费不足，但因为办刊人的坚持，十几年来靠着大家的捐献，目前还在坚持，如雅加达的《印华文友》《呼声》、苏甲巫眉的《山风》、牙律的《牙律小刊》、棉兰的《南风》《拓荒》、泗水的《东区文苑》，大多数都还在坚持出版。其中《山风》已经出版了78期。虽然印刷都比较简陋，但那种坚持的、薪火相传的精神是很令人钦佩的。

十五年岁月：合集、个人集如雨后春笋遍地开花

这十五年来，印华写作人基本上改变了代表出国时没有书与外国交流的尴尬情形。特别是苏哈托总统冰冻时期，印华代表出国的申请不能明言说是去开会，害怕在报道中被提及，害怕照片里亮相，往往皮箱里没有自己和自己国家文友的作品。这十五年完全改变了一片空白的荒芜情景，据不完全统计，印尼东区（雅加达、万隆、牙律、苏甲巫眉、井里汶、楠榜、巨港、坤甸、三口洋等）和北区（棉兰）出版的单行本就接近三百种；东区（泗水、峇厘、三马林达、麻里巴板、锡江等）出书的就达到近百种。全部加起来就很可观了。在最黑暗的二十世纪末，印华写作人就不畏强权，出版了不少合集，较重要的有诗集《沙漠上的绿洲》（晓彤，冯世才等编，1995）、《翡翠带上》（严唯真主编，1997）、《骄阳下的歌声》（晓彤主编，1997）、《印华微型小说选》（东瑞等主编，1998）、《印华散文选》（高鹰主编，1999）、《印华短篇小说选》（林万里编，1997）、《印度尼西亚的轰鸣》（2000）、《101首小诗选》（陈东龙，2000）、《印华新诗200首》（莎萍主编）、《印华小诗森林》（莎萍）、《印华新诗欣赏》（东瑞、叶竹编，2013）、《印华微型小说选》（钦鸿、蔡晓妮编），等等。

至于单人集，就更多了。有的作者出书极多，印华文坛的文学巨匠、资深作家是黄东平（刚刚于2014年12月26日逝世于印度尼西亚梭罗，享年91岁），以侨歌三部曲《七州洋外》《赤道线上》《烈日底下》奠定其在印华文坛的地位，创作字数超过千万。莎萍先生也出了五六部，创作不懈。还有晓星、袁霓、阿里安、高鹰、林万里等，创作都比较多。大部分写得多的印华写作人都有了个人集，夫妻档如松华雯飞出了两人集，一些写得较少的就三五人出合集。

印华评论出得较少，主要就是东瑞的《流金季节》（2000）和《流金季节（续篇）》（2006）两本，页码多达1000页，字数一百万字，受评对象超百人。

我们来自印度尼西亚，童年在印尼度过，在中国内地读书，二十世纪七十年代初移居中国香港，印尼成了我们的第二故乡。我们关注印华文学的发展，也与印华文学结下了不解之缘。我与瑞芬主持的获益出版事业有限公司，二十

几年来以各种方式出版了印尼近五十种单行本和各种合集，详见如下所附表格。

获益出版事业有限公司出版的印华文学书籍编目

（1993 年 6 月至 2014 年 6 月）

编号	作者/编者	书　　名	文　类	出版时间
1	阿五	扑满	小说	1993 年 6 月
2	阿五	杏子	散文	1994 年 7 月
3	阿五	红珊瑚的故事	小说	1995 年 8 月
4	严唯真编	翡翠带上	诗歌	1997 年 3 月
5	袁霓	花梦	小说	1997 年 4 月
6	白放情	春梦	小说	1997 年 6 月
7	莫名妙	妙谈人生	散文	1997 年 6 月
8	东瑞、瑞芬编	良师·益友（部分）	散文	1997 年 7 月
9	阿五	人约黄昏后	小说	1997 年 8 月
10	林万里选编	印华短篇小说选	短篇小说	1997 年 9 月
11	严唯真	严唯真诗文选	综合	1998 年 1 月
12	曾三清	挣扎	小说	1998 年 6 月
13	东瑞编选、赏析	印华微型小说选	微型小说	1998 年 7 月
14	中国和世界杂志社编印	华裔的悲情：印度尼西亚暴徒践踏人权实录	史料	1998 年 8 月
15	林万里译著	印度尼西亚侨生马来由文学研究	译著	1998 年 10 月
16	中国和世界杂志社、印度尼西亚与东协联合出版	五月暴乱图册：印度尼西亚华裔的悲情	史料	1998 年 10 月
17	莫名妙	莫名妙极短篇	微型小说	1998 年 12 月
18	高鹰编	印华散文选	散文	1999 年 2 月
19	碧玲	摘星梦	小说	1999 年 6 月
20	冯世才	秋实	诗歌	1999 年 10 月
21	曾三清	自珍集	综合	2000 年 5 月
22	陈宁	脚印	综合	2000 年 8 月
23	茜茜丽亚	只为了一个承诺	诗歌	2000 年 9 月

编号	作者/编者	书　名	文　类	出版时间
24	东瑞	流金季节：印华文学之旅	评论	2000 年 9 月
25	冯世才	遥寄	诗歌	2000 年 10 月
26	林万里	托你的福	小说	2001 年 5 月
27	高鹰	越野路上	综合	2002 年 2 月
28	华文微型小说学会编	做脸（部分）	微型小说	2002 年 7 月
29	印华作协、获益合编	湖光山色画中情	游记	2003 年 1 月
30	印华作协、获益编辑部编选	印华微型小说选（二集）	微型小说	2004 年 12 月
31	顾长福	顾长福诗集	诗歌	2004 年 11 月
32	妍瑾	小楼夜雨	综合	2005 年 12 月
33	东瑞	流金季节续篇：印华文学之旅	评论	2006 年 11 月
34	妍瑾	难忘小夜曲	散文	2009 年 12 月
35	袁霓	失落的锁匙圈	微型小说	2010 年 6 月
36	印华作协、获益编辑部合编	浴火重生	短篇小说	2010 年 12 月
37	游春娣	游春娣散文选集	散文	2011 年 4 月
38	东瑞	雨后青绿	散文/评论	2011 年 9 月
39	阮渊椿	走近印度尼西亚当代书法名家	史料	2012 年 2 月
40	小林	瓶中诗	诗歌	2012 年 7 月
41	东瑞、叶竹编	印华新诗欣赏	评论	2013 年 6 月
42	萧娥	情牵牙律	散文	2013 年 12 月
43	雨村	雨村的诗	诗歌	2014 年 1 月
44	冰湖	梦中的果树	综合	2014 年 4 月
45	莎萍	小水滴与诗评	诗歌/评论	即将出版

资料来源：马峰先生根据东瑞的编目补充整理，参见：东瑞：《流金季节续篇》，香港：获益出版事业有限公司，2006，14-19；东瑞：《雨后青绿》，香港：获益出版事业有限公司，2011，370-372。

作者简介：

东瑞，原名黄东涛，祖籍福建金门。20世纪60年代在印尼雅加达巴中读中学。1960年9月至1964年8月在集美中学就读至高中毕业（46组）。1969年泉州华侨大学中国语言文学系毕业。1972年移居香港。曾任《读者良友》《青果》编辑。1991年与蔡瑞芬女士创办获益出版事业有限公司，任董事总编辑。业余从事写作，作品多次获奖。1990年以《山魂》获得香港市政局"中文文学创作奖"散文组冠军。2006年荣获"小学生最喜爱作家"，著作《校园侦破事件簿》获选"中学生好书龙虎榜十大好书"及"最受小学生欢迎十大好书"。2011年获中国郑州小小说组委会颁发"小小说创作终身成就奖"。2012年凭《转角照相馆》获中国微型小说学会主办的第十届全国小小说年度评选一等奖。2013年5月获郑州颁发小小说业界至高荣誉"第六届小小说金麻雀奖"。自80年代起历任各种文学创作比赛评判达百余次，如香港市政局中文文学创作奖、香港公共图书馆学生中文故事创作比赛、澳门文学奖、青年文学奖、马来西亚乡青文学奖、印尼华文历届金鹰杯文学奖、新加坡文学评论奖评判等。现受聘为香港华侨大学校友会名誉会长、国立华侨大学客座教授、香港儿童文艺协会名誉会长、印尼华文作家协会海外顾问等；现任香港华文微型小说学会会长、香港作家协会秘书长、世界华文微型小说研究会副会长、中国小小说名家沙龙副主席、香港金门同乡会副会长兼监事长等。著作已出版《迷城》《暗角》《人海泉雌》《出洋前后》《蒲公英之眸》《天使的约定》《转角照相馆》《雪夜翻墙说爱你》《失落的珍珠》《无言年代》《飘浮在风中的记忆》《为何我们再次相遇》《走过红地毡》《雨中寻书》《边饮咖啡 边谈文学》《流金季节》《我看香港文学》《艺术感觉》《晨梦夕录》《校园侦破事件簿》等130余种（单行本）。

瑞芬，出生于印尼加里曼丹岛三马林达市。1972年移居香港。1991年与东瑞创办获益出版事业有限公司，任董事总经理及督印人。曾与东瑞合著《虎山行》。在二十余年的出版岁月中，督印、编选出版过大量香港儿童文学作家的优秀儿童文学作品、上榜好书《童年》《父亲·母亲》《良师益友》《回家》《我怎样写作》《香港微型小说选》《香港极短篇》等。另外督印过由东瑞任主编的600余种图书的出版，并催促了资深著名作家刘以鬯许多重要著作（如《酒徒》《对倒》《打错了》《天堂与地狱》《甘榜》《热带风雨》《吧女》等）面世。赞助出版印华作协《湖光山色画中情》《印华微型小说选》《浴火重生》征文比赛文集以及《印华新诗欣赏》等书。社团职务有：香港华文微型小说学会总干事、香港儿童文艺协会永久会员、香港金门同乡会会长、香港工商专业协进会委员等。所主持的获益出版事业有限公司连续于 2003、2004 两年荣获香港社联颁发"商界展关怀"品牌公司称号。

微型小说在马华文学

（马来西亚）朵 拉

2013 年 8 月 4 日，作为"黔台杯·第二届世界华文微型小说大赛"终评委主任的中国作协副主席莫言，在获奖作品集里有一篇《当下正是微型小说的时代》强调："微型小说是微言大义，是见微知著，是拈花微笑；是言尽而意未尽，是欲言又止，是一言九鼎；是柳暗花明，是空山鸟语，是当头棒喝；是滴水可听海消息，是一叶知秋，是一粒米压死骆驼。我荣幸地担任了'黔台杯·第二届世界华文微型小说大赛'的终评委主任，因此阅读了大量微型小说，令我眼界大开，获益良多。我创作微型小说，阅读微型小说，喜欢微型小说。我觉得当下正是微型小说的时代。"①

刚开始学习中国画，老师教我画小品。两朵花，一块石头，我战战兢兢地把画交给老师，居然获得赞赏。非常得意的我回家后极其兴奋，充满信心练习画了几张，看一看，嫌小品不够气派，铺开一张四尺宣，胸有成竹，将同样的构图"两朵花，一块石头"画在一张全开宣纸上。作业完成后我没交上去，因为就算不懂画，也知画的缺点：宣纸太大张，构图太简单，虽已尽量夸张放大花和石头，内容还是太空洞。长、中、短篇小说和微型小说的差别，就在这里。微型小说的题材，并不适合写长篇。长中短篇才能处理的题材，写成微型小说，不是小说，仅是小说的大纲。这一点亦是很多作家学者谈到微型小说时，不得不承认的"微型小说的局限性"。微型小说字数受到限制，故无法对生活展开细腻、深入、全面的描写。中国大陆作家迅轩在《微型小说的"趣"》中明白写着："微型不可能如中、长篇小说那样可尽量描绘、极力渲染，给小说染上深厚的情感色调，只能在短小的篇章里靠作者机智地表现人物的生活情趣，产生强烈的艺术感染力。"②

字数少，篇幅短，微型小说必须在有限的信息范围内，给予读者最广阔

---

① 《黔台杯·第二届世界华文微型小说大赛得奖作品集》。
② 《世界华文微型小说大成》，上海文艺出版社 1992 年版，第 674 页。

的想象空间。苏东坡说："言有尽而意无穷者，天下之至言也。"以简练精短的文学语言，给人以生活的启悟，是微型小说追求的境界。微型小说的优越条件也正是它的短。因为短，所以能敏锐地把生活现实及时反映出来，让处于工商业发达、电子科技盛行、生活繁忙的今日读者，能够利用有限的时间读完一篇小说，从而得到知识的启迪和精神的满足。但因为短，有一部分作家曾经有意地忽视微型小说，他们带着"杀鸡焉用牛刀"的心理来看待微型小说。不过，别忘记歌德曾说："在有限制中才显出能手，只有法则给我们自由。"文学作品是否优秀并非以文字的多少来衡量。作品的好坏应视作品含金量的高低来决定。文学的价值倘若决定于字数的长短，那么，莫泊桑和欧亨利的微型小说不会到今天还让人回味，老舍说："只要写得精，便能传留长远。"长篇大家马克·吐温那篇简洁，明快，具有丰富潜台词，题为《丈夫支出账单中的一页》的微型小说就令人过目难忘。汪曾祺先生说过："越是篇幅有限，越要从容不迫。"虽是微型小说，却不急着把故事说完，才可留下回味的余地。倘若毫无思考的空间供读者驰骋，就会使作品失去艺术魅力，读者亦失去阅读的乐趣。轻忽微型小说的人，听到中国作家刘绍棠给微型小说的评价时，一定大跌眼镜。刘绍棠先生说："小小说是个大事业。"[1]

要如何成就这个大事业？

江曾培先生分析："中国新时期微型小说发展有一个特点与优点，就是创作和理论几乎是同步发展。——十多年来，发表的专文近千篇，出版的专著近二十部。这种自觉的理论探索，大大促进这一文体走向自觉。"[2]刘海涛先生也说："微型小说越来越普及化，经常发表微型小说的报刊已不下500家。"[3]1985年12月14日，中国的《文艺报》报道如下："《小说界》这次大赛，自3月中旬开始到9月底截稿期止，短短5个月内，收到参赛稿件多达二万多篇。作者对象之广泛，题材内容之丰富，艺术手法之多样，都是超前的。生动地表明微型小说这一新兴的小说样式的发展已经达到了令人欣喜的水平。"[4]"中国每年有一万篇以上的微型小说作品问世，1985年郑州创办的《小小说选刊》发行二十多万份，南昌出版的《微型小说选集》也发行十多万

① 梁多亮：《世界华文微型小说大成》，摘自《现当代微型小说的发展》，第757页。
② 刘海涛：《现代人的小说世界》，上海文艺出版社1994年版，第2页。
③ 刘海涛：《现代人的小说世界》，上海文艺出版社1994年版，第11页。
④ 梁多亮：《世界华文微型小说大成》，摘自《现当代微型小说发展》，第754页。

份。"① 最新资料是"《小小说选刊》发行六十多万册,《微型小说选刊》发行几十万册"。② 可见得"微型小说具有任何一种小说文体都不可比拟的'环境生长优势'"③。王晓峰在《当下小小说》提到:"小小说就是当下文学的一个新的增长点,主要的理由是,作为文学的一种当下表达,它的篇幅和它所承载的内蕴,比较适合当代媒体的需要,比较适应当下生活节奏和大众百姓的阅读,它是'应时''适时'而起的文学样式。"④

长久以来承受着"身份焦虑"的微型小说,而今在中国已经取得它应有的席位,成为小说家族中的第四个成员。2002 年在北京召开的"当代小小说庆典暨理论研讨会"被称为"小小说成人典礼"。⑤ 今天在郑州,《小小说选刊》是和郑州的"少林寺"有着同等意义的文化符号。"少林寺"是郑州的"旅游名片",《小小说选刊》则是郑州的"文学名片"。微型小说在中国开始发展和繁荣起来的时候,在东南亚华文文学界,新加坡"华文微型小说勃然兴盛,成为文坛上一支不可漠视的生力军"。⑥

在推动微型小说这方面,新加坡作家协会的积极和不遗余力的工作有目共睹,他们出版《微型小说季刊》,主办有关微型小说创作活动,作协理事不辞劳苦到各中学华文营或写作营主讲"微型小说的创作技巧",出版"微型小说季刊丛书",联办"亚细安青年文学奖""世界华文微型小说大赛",1994年 12 月 27 日主办首届"世界华文微型小说研讨会"等。更令人激赏的是,为了进一步支持微型小说这种新兴的文体,⑦ 新加坡作协在经费有限的情况下,出版中国微型小说理论家刘海涛先生的专著《规律与技法——微型小说艺术再论》。新加坡作协对微型小说的关注与推动,让这一后来崛起的小说品种在新加坡发扬光大。

然而,被华文文学研究学者视为东南亚华文文学重镇的马来西亚,在新加坡主办首届研讨会时,微型小说仍未开花。不太受马来西亚华文文坛重视的微型小说,早在二十世纪七十年代就有作家开始尝试。投入这一文学形式革命队伍的有小黑、雅波、丁云、孟沙、年红、陈政欣、洪祖秋等,却一直

① 凌鼎年:《微型小说季刊》第四期,新加坡作家协会 1993 年版。
② 王晓峰:《当下小小说》,文化艺术出版社,第 115 页。
③ 刘海涛:《现代人的小说世界》,第 11 页。
④ 王晓峰:《当下小小说》,文化艺术出版社,第 21 页。
⑤ 王晓峰:《当下小小说》,文化艺术出版社,第 4 页。
⑥ 黄孟文:《规律与技法——微型小说艺术再论》出版前言,《微型小说季刊》第六期,1993 年 10 月,第 1 页。
⑦ 黄孟文:《微型小说季刊》第六期,1993 年 10 月,第 1 页。

无法掀起更高更大的浪潮。发表园地的限制和有限的读者群，长期以来一直是马来西亚华文文学界的隐忧，况且，大部分马来西亚华文作家对长篇小说的创作充满憧憬。

微型小说的形式短小，往往容易被人误解为轻薄，就算在文学研讨会或者写作营的讲座，也鲜少有作家选择主讲微型小说。依靠报纸副刊为发表园地的马华文学，编者的推动扮演着非常重要的角色。倘若报纸文艺版与数量极少的马华文学杂志，肯拨出版位，特别发表优秀的微型小说或者制作"微型小说专辑"等，将有助于那些有心文学创作的新生代对微型小说的认识和了解，进而引发作家和读者对微型小说的兴趣。可惜除了《南洋商报》"文艺版"的编辑张永修，自20世纪90年代开始，长年提供300字极限篇版之外，其他报纸并无见到积极状态。一直到2014年才见马国《星洲日报》主办微小说征文，并邀请中国学者刘海涛和凌鼎年等作家来讲课。

1989年开始，马来西亚南洋校友会为配合两年一度的马华文学节，开始主办两年一届的"全国华文微型小说比赛"，成绩揭晓后，将得奖作品收集成书。至今25年，已经办了12届。但是，我们留意到一个现象：很多参赛者平时并没致力于微型小说的创作，读者要等到比赛获奖时才看到他们的作品。这一点和存在着"微型小说专业户"的中国相距甚远。

马来西亚微型小说创作的风气不盛，其中一个因素是严重缺乏理论家。除了比赛时评审的评语之外，马来西亚报纸副刊和文学刊物鲜少看到有关微型小说的评论发表，没有人知道微型小说应该怎么写，甚至有很多作家连微型小说的字数限制到底应该是多少也还搞不清楚。由于时代的趋势，艺术风格精巧别致的微型小说渐渐兴盛起来。出版业的发达使市场上文学作品浩如烟海，但是生活节奏越来越快，人们已经没有充裕的时间慢慢阅读长篇小说。朵拉在1996年于新加坡出版的《世界华文微型小说论——首届世界华文微型小说研讨会论文集》里这样书写："逼仄而紧张的生活令读者无法悠闲从容地享受阅读长篇小说的乐趣的同时，现代人的时代生活经验和文学素养的提高，令人们对文学艺术形式的需求也跟着改变，唯有新的品种与灵活的形式才能够吸引读者，当呼唤精巧玲珑的小说文体的时代到来时，微型小说便成了文学花园里一朵惹人喜爱的小花。这朵花在大马显然开得比较迟，但是，在自然界里，我看过，迟开的花一样可以绽放得灿烂亮丽。"这是朵拉在1994年12月27日于新加坡国立大学文学院召开的首届世界华文微型小说研讨会时的发言稿《迟开的小花——小说微型》的结语。①这在当时是马华文学少有的关于"微型小说"的论文。

1994年12月27日至29日在新加坡主办首届"世界华文微型小说研讨会",与会者包括中国、新加坡、泰国、马来西亚、日本、澳洲、菲律宾、印尼的学者与作家,提呈论文近40篇,并决定每两年由各国有关文学团体轮值主办世界华文微型小说研讨会。②

1996年11月23日至25日,由泰国华文作家协会主办的第二届"世界华文微型小说研讨会"在曼谷召开。共有12个国家和地区,80多名作家学者出席,论文34篇。讨论重点为:微型小说的模式和技巧,泰国华文微型小说扫描以及个人微型小说评论。③

1999年11月27至29日,第三届"世华微型小说研讨会"在马来西亚首都吉隆坡举行,由马来西亚华文作家协会主办。与会国家及地区有10个,正式代表70多人。论文25篇,内容集中在:介绍各国微型小说创作和发展的情况、有关微型小说的艺术和技巧、微型小说的走向和前景、微型小说的现代性和地方性、微型小说的内容和题材。④

2002年8月2日至5日在菲律宾马尼拉召开第四届世华微型小说研讨会,并正式成立"世界华文微型小说研究会"。这之前于2001年,在中国福建福州开筹备会,马华作家朵拉为唯一一个菲律宾和中国以外的受邀代表。第四届的马尼拉"世华微型小说研讨会"共有10多个国家和地区代表,论文30多篇。⑤

"世界华文微型小说研究会"成立的宗旨为:进一步加强各国华文微型小说界的交流与合作,促进微型小说的创作与研究,提升世界各地华文微型小说的地位及繁荣文学事业。马华作家协会会长云里风任副会长,朵拉代表马来西亚华文作家,被选为首届理事。⑥

2004年第五届"世华微型小说研讨会"在印尼万隆召开,由印尼华文写作者协会主办。这是印尼历史性的首个华文文学会议。共有20多个国家和地

---

① 黄孟文,王润华:《世界华文微型小说论》,首届世界华文微型小说研讨会论文集,第206页。
② 凌鼎年:《首届世界华文微型小说研讨会纪实》。来源:作家网,http://www.zuojiawang.com/weixingxiaoshuo/dingnianjishi/6422.html。
③ 刘海涛:《从新加坡到曼谷(第二期)——第一、二届世界华文微型小说国际研讨会综述》,http://202.192.143.141/xz2010/10_64/538.htm。
④ 凌鼎年:《第三届世华微型小说研讨会纪实》(作家网)。
⑤⑥ 刘海涛:《世界华文微型小说研究会及历届研讨会概要》。

区代表，包括东南亚新、马、泰、菲、文莱，大洋洲纽西兰、澳洲，欧美，中国等。出席作家和评论家共 100 多人，论文 40 多篇。同时邀请马华作家朵拉演讲"微型小说的创作和欣赏"。研讨会期间，进行第二届"世界华文微型小说研究会"理事改选。马华作家协会财政曾沛任副会长，朵拉代表马华作家再度被选为理事。①

2006 年 10 月 27 日至 29 日第六届"世华微型小说研讨会"在文莱首都斯里巴加湾举行，由文莱华文作家协会主办，这也是文莱第一个历史性的华文文学会议。与会代表 100 多人，除东南亚国家，还有中国、荷兰、比利时、德国、美国、加拿大、南非等地的作家出席。这一届宣读和交流论文近百篇。同时又邀请马华作家朵拉演讲"小说微型——说微型小说"，朵拉也受邀为文莱华文作家协会主办的微型小说比赛评审。大会同时进行第三届理事会改选。马华作家协会财政曾沛任副会长、陈政欣任学术，朵拉再度被选为理事。②

2008 年 12 月 5 日，"世华微型小说研究会"经过十多年的路程，终于由世界华文微型小说研究会、上海文艺出版社以及中国微型小说学会在上海主办第 7 届"世界华文微型小说研讨会"。邀请来自海内外三十多个国家的、微型小说作家近百位，与会者高度评价了这几年来微型小说的创作和发展。本次研讨会以"微型小说和信息时代的大众阅读"为主题，先后举行五场交流，共宣读论文 40 余篇。中国极度重视，称为"华文微型小说回家"。为迎接本届世界华文微型小说研讨会的首次"回"到母语国举办，上海文艺出版社编选出版了《中国新文学大系·微型小说卷》《江曾培论微型小说》《黄孟文微型小说自选集》《司马攻微型小说自选集》《朵拉微型小说自选集》《世界中学生微型小说大赛优秀作品选》和《中国微型小说丛书·玫瑰之约》等选本。特别是《微型小说卷》的出版，显示了这一小说新文种经过 30 年的萌发、壮大，已独立成为文坛和广大海内外华文读者所认可的小说文体，也标志着微型小说——被称为小说界的第四个家族从此堂堂正正地进入了文学史。会议期间也进行第四届理事会改选，马华作家协会副会长曾沛任副会长，朵拉再度被选为理事。③

2010 年 7 月 1 日至 3 日，在香港举行第 8 届世华微型小说研讨会，来自

---

① 《新加坡作家协会》，http://www.singaporewriters.org.sg/weixing5.html。
② 《新加坡作家协会》报道（网上资料）。
③ 《第七届世界华文微型小说研讨会在沪召开》，摘自《中华读书报·胡艺》，2009-01-07。

中国、马来西亚、文莱、印尼、美国、日本、澳大利亚、德国、新西兰、英国、泰国、菲律宾等16个国家与地区的100多位微型小说作家、评论家出席了研讨会。与会者就微型小说各国发展的不平衡性，这种文体适合时代的发展态势，文体自身的优势与局限，微型小说与新技术、新媒体结合的前景，以及手机小说迅速崛起等大家关注的问题进行了深入的探讨。会议期间举行第五届理事会改选，马华作家协会副会长曾沛任副会长，朵拉代表马华作家当选理事。①

"2010年就微型小说文坛而言，最好的消息就是中国作家协会在2月28日的'中国作家网'公示了最新修订的'鲁迅文学奖'评奖条例，把小小说（微型小说）纳入了'鲁迅文学奖'的评奖范围，'鲁迅文学奖'是我国（中国）具有最高荣誉的文学奖项，这使得微型小说这种文体真正登堂入室，进入中国文学的最高殿堂。一石激起千层浪，大有丑小鸭变成白天鹅的味道，令不少原本小觑这种文体的作家开始对微型小说刮目相看。鲁迅文学奖的奖项设置包括中篇小说、短篇小说、报告文学、诗歌、散文杂文、文学理论评论、文学翻译，虽然微型小说还没有单独立项，归属于短篇小说，但毕竟是一次重大的突破。"②

2012年12月7日至8日第九届"世华微型小说研究会"再度回家，由世界华文微型小说研究会、中国微型小说学会主办，上海文艺出版社协办。来自美国、德国、新西兰、澳大利亚、瑞士、西班牙、日本、新加坡、马来西亚、泰国、印尼、文莱与中国香港、中国澳门等15个国家与地区的近50位代表和国内70多位代表参加了这次研讨会。中国作家协会副主席叶辛、世界华文微型小说研究会名誉会长江曾培等出席了开幕式。世界华文微型小说研究会会长郏宗培致开幕词，上海市委宣传部副部长陈东、上海市作协副主席孙颙、"世界华文微型小说研究会"顾问、泰华作家司马攻等分别讲话。大会宣读了中国作家协会的贺信与铁凝主席的贺词。大会还收到了江苏、浙江、北京、广西、广东、四川、河北、黑龙江等省市微型小说、小小说学会的贺信、贺电。③会议同时进行第六届理事会改选，马华作家协会副会长曾沛任副会长，朵拉再度担任理事。微型小说自1980年代初萌芽，随着时代变化应运而生，与时并进，不断发展，形成了较大的规模和影响。中国各地都先后

---

① 宗微音：《第8届世界华文微型小说研讨会在香港召开》，http://www.chinawriter.com.cn 2010年07月09日14:16。
② 凌鼎年：《中国微型小说备忘录》，http://www.xiaoxiaoshuo.com/thread-220956-1-1.html。
③ 《第九届世界华文微型小说研讨会举行》（网上资料）。

成立微型小说和小小说文学社团。在海外，不只东南亚，就连欧美、大洋洲、非洲等许多国家也出现华文微型小说创作和研究的组织。世华微型小说研讨会自 1994 年至今已有 18 年，9 届的研讨会不只是增进交流，可说已经产生丰硕的成果。华文微型小说成了推动世界华文文学发展的一个有效的文学样式，也越来越多获得社会和文学界的普遍认可。①

至于微型小说在马华文学的发展状况，马华微型小说出版个人集的作家有：年红、孟沙、陈政欣、雅波、黎紫书、曾沛、邝眉、方路、许通元、煜煜、朵拉等，其中以朵拉出版最多。马华作家当中，唯有她和黎紫书二人的微型小说集得以在中国大陆、中国台湾和大马三地出版。

马华作家协会曾经于 2004 年出版《马华文学大系》10 册，其中"短篇小说（二）"，收入"1981—1996 年 48 位作家的 51 篇小说"，只有 5 篇是微型小说。

1996 年，马来西亚《南洋商报》出版文艺系列丛书，内容为"'南洋文艺'1995 年小说年选"，收 15 个马华作家的 20 篇作品，其中孟沙、陈政欣和朵拉的作品为微型小说。中国台湾作家陈映真在序《敬意与祝愿》文中特别提到："朵拉的《凋花》是结构小而完整的小小说。所谓小小说似乎是因应现代高度经济发展后忙碌的现代人之所需的小说形式。但《凋花》在短小的篇幅中，兀自起承转合。小说的情节，放诸台湾、香港……甚至今日大陆之东南沿海而莫不皆准：在经济发展中猬生的中产阶级家庭的庸俗化和期罔化。"陈映真序里也提到马华小说的一个重点："几乎看不见马来生活之特色，说它是港、台的小说，无人置疑。如果这是马来华人社会与当地现实生活隔绝、处于孤岛状态的存在的反映，恐怕也正是说明终于不得不融入大马国家的华裔在一定历史阶段的生活。"②

1998 年，马华作家协会出版了《马来西亚微型 100》，陈政欣主编。共收 50 位作家作品。他们是：丁云、小黑、云里风、方路、叶明、年红、朵拉等。

1999 年 11 月 11 日，朵拉和小黑合编著《走出沙漠——微型小说精选》出版，收入了来自 7 个国家的微型小说家的精品。他们是：澳洲心水，文莱宁静等，菲律宾小华、吴新钿，新加坡希尼尔、林高、黄孟文、谢裕民等，中国许行、司玉笙、于德北、孙方友、凌鼎年、郭昕、沈宏，马来西亚方成、

① 摘自《文学报》，http://www.chinawriter.com.cn，2012 年 12 月 14 日。
② 《南隆·老树·一辈子的事》，南洋文艺 1995 小说年选。

朵拉、云里风、方路、小黑、黎紫书、潘碧华等，泰国司马攻、曾心等。

2010年马华作协出版《马来西亚当代微型小说选》，由曾沛主编。收录51位老中青作家共计195篇微型小说作品。从这部选集里，可以看到出版过微型小说作品集的作家如朵拉、年红、孟沙、黎紫书、方路等，仍在微型小说创作的路上坚持不懈。其他如小黑、洪泉、勿勿、萧丽芬、冯学良等也努力在为微型小说作出耕耘。更欣喜的是，下笔认真，态度严肃如罗罗、周天派、王修捷、菲尔等新人辈出。

马华作家朵拉自从被选为"世界华文微型小说研究会"理事以后，长期在马来西亚推广和提升微型小说的创作，每个月都到全国各地大专院校演讲"微型小说的创作和欣赏"。2011年被邀请加入槟州华人文化协会任副会长，开始主办"全国华文微型小说比赛"活动，包括中学生和公开组，反应热烈，2012、2013年两届比赛作品并收集成书，2014年在拉曼大学主办新书推介礼。2014年7月朵拉又受邀担任槟州华堂董事和文学组主任，马上开始策划出版《世界华文微型小说选集》，并着手计划主办全国华文微型小说（或闪小说）创作比赛，2014年10月28、29、30日邀请"世界华文微型小说研究会"会长、秘书长等共六位专家学者到槟城来研讨"如何打造微型小说成为槟州的文学名片"。2015年2月5日到霹雳州安顺三民独中，6日到太平华联国中，4月22日到中国福建师大，5月16日到怡保培南独中，5月30日再到太平华联国中，为他们讲"微型小说和闪小说的创作和欣赏"。太平华联国中和怡保培南独中，都决定成立华文文学写作班，致力于微型小说及闪小说的创作。5月19日槟州华人大会堂文学组开会，决定在今年成立中学生文学奖，分组主办散文和微型小说或闪小说比赛。

来自世界各地华文作家的8 000多篇比赛的微型小说中，在获奖作品集里，只有唯一一篇获得莫言的评语，那是马华作家朵拉的《那日有雾》，评语如下："富有诗意，充满象征意味，突破了微型小说写作中司空见惯的模式。"①所有的艺术创作，追求的都是创意，马华文学的微型小说亦如是坚持。新兴文体的道路人烟稀少，然而，单靠一两个人的力量，是没有可能发展的。必须有更多人加入，大家一起努力不懈，除了继续创作、出版，还需要评论和研究，一定要坚持不懈地推广和提升，才能够看见马华文学微型小说理想的美好成绩。

---

① 《黔台杯·第二届世界华文微型小说大赛得奖作品集》。

作者简介：

朵拉，原名林月丝，出生于马来西亚槟城。专业作家、画家。祖籍福建惠安。在中国大陆、中国台湾、新加坡、马来西亚出版个人集共 46 本。曾受邀为马来西亚多家报纸杂志及美国纽约《世界日报》、中国台湾《人间福报》撰写副刊专栏。现为中国《读者》杂志签约作者、世界华文微型小说研究会理事、世界华文作家交流协会副秘书长、环球作家编委、中国王鼎钧文学研究中心特邀研究员、马来西亚华人文化协会槟州分会副会长、马来西亚华文作家协会会员、浮罗山背艺术协会主席、槟城水墨画协会主席、马来西亚 TOCCATA 艺术空间总监、马来西亚拿督林庆金 JP 出版奖总策划、槟州华人大会堂董事兼文学组主任。曾任马来西亚棕榈出版社社长、《蕉风》文学双月刊执行编辑（1991—1997 年）、《清流》文学双月刊执行编辑。小说《行人道上的镜子和鸟》被译成日文，并在英国拍成电影短片，于日本首映。多篇小说改为广播剧在马来西亚及新加坡电台播出。曾获读者票选为国内十大最受欢迎作家之一，文学作品译成日文、马来文等。散文及小说作品被收入中国多家大学用作教学及研究之用，也被收录入美国加州柏克莱大学分校、新加坡、马来西亚等大学及中学教材。其他在中国、澳洲、泰国、菲律宾、新加坡和马来西亚等地出版合集共 100 多本。曾获国内外大小文学奖共 42 个，包括第二届世界华文微型小说奖（黔台杯）等。多次应邀参加世界各地华文文学研讨会，多次应邀到中国大陆、中国台湾、新加坡、印尼、文莱等大专院校及社团组织演讲，现为马来西亚全国德教总会讲师。20 世纪 80 年代开始水墨画创作，2000 年开始油画及胶彩创作，图画个展及联展 50 余次，展地包括马来西亚、新加坡、泰国、印尼、中国等地。为"第四届亚洲新意美术交流展"暨《亚洲美术学院论坛》高级美术顾问，马来西亚沙沙然艺术协会顾问暨 2008/2011/2014 "沙沙然国际艺术节"顾问，印尼棉兰华文《文学节》顾问等。

老挝华人文化传播与继承

（老挝）龙攀

尊敬的各位领导、教授、文友：

我是来自老挝未来传媒有限公司的龙攀，作为老挝华人媒体，很荣幸受邀参加"东盟十国华文文学研讨会"。老挝未来传媒有限公司是一家立足老挝、服务华人的民营传媒公司，致力于搭建服务老挝华人华商的传媒信息平台，主要是通过纸媒和网络平台，为中老两国人民提供老挝新闻、政策法规、商业资讯和生活资讯等服务。目前，公司有三个传播平台，分别是老挝商业资讯杂志、老挝资讯网和老挝资讯网公众微信号。

从 2012 年到现在，我们已成为老挝最有影响力的华人媒体信息传播平台。目前，老挝商业资讯杂志每期发行量为一万册，主要面向政府部门、公司企业、华侨华商等免费派发。老挝资讯网已完成改版，设置有新闻资讯、老挝旅游、艺术教育、华人华商等 19 个版块，信息量大，服务范围广，内容丰富。而老挝资讯网公共微信号已经有数万关注度，每天的新闻都保有数万点击率。

网络化的文学传播，与传统的传播方式不同。在网络化信息化时代，每个人都有可能成为传播者，同时，每个人又都有可能成为受传者。因为需求日益迫切，传播终端也出现多元化发展趋势，现在尤其是网络、手机等新媒体终端发展迅速，文学作品和读者之间的距离越来越短，文学作品传播周期也逐渐缩短，极大提高了文学作品的传播便利性，也提高了受众在接触文学作品的快捷性，同时，文学作品的可阅读性也随之提高。2008 年，盛大文学有限公司成立，先后收购和整合起点中文网、晋江文学城等七大原创文学网站，大有成为中国网络文学寡头的趋势。除了充分利用网络平台之外，盛大还利用手机网络不断扩大手机阅读市场需求，盛大文学成为中国移动阅读基地最大的内容提供商。由此可见，媒介是文学传播的一条线索，文学的传播需要媒介。而网络、手机等新媒体作为新的文学媒介的加盟者，必然会引起原有媒介格局的变化，从而使人们对文学与媒介的关系进行新的反思。

互联网上华文文学作品的传播，其实是为中老两国在文学交流、作品合作等方面提供了一次极大的发展机会，同时，这对于互联网而言，也是一次重要的尝试。互联网是一座桥梁，不仅为两国民间的优秀文学作品搭建相互沟通交流的载体和平台，同时也有助于促进中国与老挝相关地区民间交流，推动双方优秀文化成果的翻译推介等，进而促进双方的文化、经济交流。

作者简介：

龙攀，出生于湖南长沙。兰州大学化工学院（工学学士）和法律系毕业（辅修）。曾在阿里巴巴阿里学院做过3年讲师。目前在老挝经营老挝未来传媒公司（中文：老挝资讯网），老挝商业资讯杂志，老挝资讯网微信公众号等及其他两个公司（老挝BBL农业公司和中老进出口公司）。

泰国华文文学事业的角色期待

（泰国）何锦江

民权思想家卢梭说，人生而自由，却处处受他人的束缚。什么束缚呢？就是受制于"角色期待"。每一个人和每一事物，在社会中都扮演着多种角色，任何角色都被社会人期待着。

我被选为泰国广肇会馆副理事长，我就要义不容辞地为承传广东故乡的优秀风俗文化，做力所能及的事。

我被选为美速市智民学校校董会负责督导华教的副主席，就要为了保住"海外华教示范学校"的荣誉，与校董们和老师们共同努力，为办好二千多名学生的汉语教育辛勤督导。

我被信任担当泰国《时代论坛》月刊主笔，我便要努力学习，用笔尖上的良知同社会大众交流。

我被选为泰国留学中国大学生校友总会文艺写作学会副会长，我今天便得接受办公室主任曾心先生的委托，必须来到钦州学院，参加东南亚华文文学研讨会。虽然我没有文学专业的学历，对文学研究是门外汉，但我转变思维来求学，就把束缚我的"角色期待"转化为我乐意的自由了。因此，我要感恩，感谢主办方领导和老师们，更谢谢大家听我的发言。

老师们，文友们！社会的本质，是人类生命的活动。文学艺术，就是生命活动的描述和反映。我们要怎样描述和反映生命呢？

原始宗教和西方哲学家如叔本华认为，生命是从无到有，又从有到无。此论者一方面揭露这个世界根本上是不神圣的、不理智的、不仁慈的、不公正的，人类从偷食禁果开始，就是罪人，就不配享有自由。人活着就是求个好死——上天堂，而天堂也没设有自由的椅子。这是悲情的人生观。

但我们跨越悲情来看世界，我们看到自己的国家，从出现新问题到解决问题的不断向前迈进；看到新生命和新思维新事物出现的喜悦；看到人群每天都在习惯地赶路、上班、喧闹着、忙碌着，丝毫没有必死的恐惧，仿佛死亡与自己无关，而享受着生命的酸甜苦辣；还看到人们为庆幸生而为伟大的中华民族而自豪！这一切都说明人类生命本身有着一种死亡的恐惧也摧毁不了的能量，这能量就是生命意志！

文学，就应该描述生命意志，歌颂生命意志。

什么是生命意志呢？我们知道：一切动物都有求生本能，趋吉避凶，"好生之德人皆有之"。但我认为人类的生命意志超越求生本能。因为人类的生命的意义不是止于生存，而是追求高于生存的有意义的生活。也就是马克思说的"人应该是精神性的存在"。

马克思对"精神性的存在"的论述，纠正了"物质第一性，精神第二性"的机械唯物论的偏颇，强调了精神和物质的统一性。人类从原始人开始，就追求美的装饰，美丽的、对称的、圆的事物；陶醉于梦幻的假声假色假象；陶醉于"投我以木瓜，报之以琼琚"；"你爱我一千倍，我爱你一万倍"的情感交换。为什么？因为有意义！而真相，赤裸裸的真相，反而是丑陋的，阴性的，不是人类追求的价值。即使美人，也要化妆，才能出场。人类追求有意义了，果然事物就有意义了。天上的双星，被赋予牛郎织女的故事，多么浪漫啊！画马要画八骏，画鱼要画九鱼，有意思，便有价值。范仲淹写《岳阳楼记》，如果不写出"览物之情""不以物喜，不以己悲""进亦忧，退亦忧""先天下之忧而忧，后天下之乐而乐"这样的千古佳句，而只写楼宇死物，怎会成为能感染天下的千古文章呢！这些，都说明文学艺术是人类心灵的养分。

因此，文学创作必须顺潮流大势而动，才有意义，才有生命力。当代，中国崛起和中国人问题，是世界谈论的热门话题。中国崛起，不是偶发的奇迹，而是中国从毛泽东领导革命以来，革命阶段性发展的必然，今后也是必然从一个问题到新的问题发展。做顺应潮流的事，比之把事情做好，是不同质的分别；明白地说就是，一篇好文章，必先是传达正能量的文章。这样的文章才有价值。

在泰华社会中，文学事业发挥着泰中桥梁的作用，有四大亮点：

第一个亮点是，泰中自1975年建交以来，恢复和发展了"一家亲"的交往。特别是泰皇室诗琳通公主三十多次访华研究中华文化，给新老移民和留学中国的泰籍学子以极大鼓舞。2002年11月3日，以诗琳通公主殿下为永远最高荣誉主席的"泰国留学中国大学校友总会"（今届2014—2016年为第七届理事会）成立。留中总会每年都组织了许多"泰中桥梁"的活动，特别是于2007年7月8日，成立了"文艺写作学会"，专门开展文学写作和交流活动。每年出一本文集，已先后出版了《留中岁月》《湄南情怀》《窗内窗外》《平台试步》《湄南漫步》《河边风景》《椰林放歌》等十二本文集，内容较多为感怀在中国学习和成长以及在泰国艰辛创业的人和事。这个组织在历届会长和骨干领导陈汉涛、张祥盛、张永青、赖锦廷、林太深、邓玉清、许家训、曾心和杨玲等学友们的得力带领下，至今已有一百多位成员，并且逐年年轻化，成为泰华文学事业的生力军。

第二个亮点是，在以资深作家司马攻前辈和社会精英作家梦莉女士为会长的泰华作家协会的倡导下，正如司马攻先生所说："在微型小说处于低谷的泰华文坛，闪小说正好趁机而起，算是应运而生，顺时而发。"泰华文学掀起了闪小说的创作热潮。小说三要素：人物、环境、情节要齐全；开始、发展、高潮、结局，结构不能缺，怎样"闪"呢？当然，字少、句精、意准是必需的，但巧、奇、妙，出人意表，才达到"闪"的效果。试看司马攻的《情深恨更深》：

尼姑双手一扬，十几颗念珠飞出，倭寇纷纷倒地。只有一倭寇安然无恙。这倭寇向尼姑一揖："你我夫妻情深……""慢，有人要见你！"尼姑向后堂唤："小莲，杀死你父母的奸贼在此！"……

又如司马攻的《换床》，全篇189个字，以写住旅店儿子莫名地换父亲的床位，揭开孝子的心思。以细节描写代替说话。

第三个亮点是《小诗磨坊》的推动和"六行小诗"创作的繁荣。在泰华著名诗人曾心、岭南人、苦觉等文友的倡导下，六行小诗的作品，常常登上六份华文日报的报端。试选曾心两首如下：

《树的哲学》：在山林里，我能伸，成为一棵大树；在盆栽里，我能屈，成为一道靓景。

《佛》：在半闭半开的佛眼前，我一无所求；从心灵的书架上，掏出珍藏的佛经；——念诵再念诵，我也是一尊佛。

这些小诗，完全符合朱熹的《诗经集传序》所言："或有问于予曰：诗何为而作也？予应之曰：人生而静，天之性也！感于物而动，情之欲也！夫既有欲念，则不能无思，既有思矣，则不能无言，既有言矣，则言之所不能尽，而发于咨嗟咏叹之余者，必有自然之音响节奏，而不能已然，此诗之所以作也。"泰华小诗，紧紧地贴着本土风情和时代气息，平民色彩浓厚，自然生命力很强。

第四个亮点是华教事业蓬勃发展，遍地开花结果。泰国人口六千五百多万，华人华侨上千万。现有华文民校122所，有成百万人每天在学习汉语。

中国每年派来教师 1 700 多名，还不够分配。

华人热心办华教，例如泰国西北部被称为印度洋门户的特区美速市，五百多户华人组成全德善堂，七十年来，在历届理事长陈钦昌、林开元、庄丰隆、张锦汉和校董主席林少强、陈汉展等领导下，从简陋到现代化，兴办了智民学校，引领学生打开学习汉语的大门，走进优秀中华文化的殿堂，热爱中华文化，从而养成自觉汲收中华文化的能力，以适应东盟一体化新形势下人才的需要。这无疑是国家具有战略意义的事业。现有学生从幼儿园到高中三年级，分 50 个班，2000 多学生，赢得了"海外华教示范学校"的光荣称号。正是智水仁山筑就百年树人学府，民风德厚发为千载传世文章。

华教学生的成长，必然涌现出大批汉语文学人才。泰国华侨崇圣大学已于 2007 年 7 月举办了首届"中国当代文学硕士研究生班"，现在已历七届了。数以百计的文学硕士生登上文坛，他们的文学作品，陆续大量面世，繁荣着泰华社会的精神世界。

作者简介：

何锦江，1939 年生，出生于广东石门，高中毕业后，升江门师范，物理专科毕业。泰国龙盘艺苑主人（经营宝石画工厂和广东花园饭店），泰国留中总会理事兼文艺写作学会副会长，泰国《时代论坛》月刊主笔，世界南海联谊总会第二届副会长，泰国广肇会馆副理事长，泰国美速市智学校校董会副主席，泰国粤剧曲艺社永远名誉社长。创建宝石嵌画工厂，并于 1995 年 9 月 9 日，蒙宠赐进泰皇官，承诗琳通公主御赐纶音嘉勉："创业，育人，为地方繁荣作贡献。"经营广东饭店，先后获各级政府颁发服务奖状。参与督导华校华文教育工作，2009 年智民学校获中国国务院嘉奖，被命名为全球首批"海外华教示范学校"。通过广肇联谊会、第六届世界粤侨联谊会和第十九届亲情中华全球华人粤剧文化节等社会活动，传扬祖国故乡文化。曾获"世界华人粤剧文化联谊总会"和"粤剧中国保护中心"颁发"传承粤剧文化贡献奖"。写作理学文章和出版书册：《论汉民族及其文化的承传》（多次再版）、《零落成泥碾作尘》《思辨》和《浅谈佛学》等。

越华文学三十五年

（越南）谢振煜

　　越南有一百多万华人，大部分聚居前堤岸的胡志明市，主要以经商与劳作为生。越南华人都持越南国籍，越南政府称之为华人同胞，华文则如越南其他少数民族一样被视为少数民族语言，但在法律上则被视为外文。华人社会除了广东、潮州、福建、客家等方言之外，普遍使用华文。

报纸越华报刊

　　目前胡志明市有唯一的华文报纸《西贡解放日报》，是越南共产党胡志明市党部机关越文《西贡解放日报》的华文版（主编阮中部，1975 年创刊）、《西贡解放日报周刊》（主编阮中部）、胡志明市各民族文学艺术协会不定期 "越华文学艺术"（会长学明，1997 年创刊，已出版第 27 期）、文艺出版社季刊《越南华文文学》（主编怀雨，2008 年创刊，已出版第 10 期）、胡志明市华文教育辅助会不定期《萌芽》（主编陆进义，2000 年创刊，已出版第 25 期）、胡志明市出版社月刊《华语世界》（主编张文界，2002 年创刊，已出版第 100 期）、劳动出版社月刊《华人黄金篇》（主编郑明廉，2007 年创刊）、越南台湾商会总会月刊《会讯》（发行人杨玉凤，已出版第 169 期）、越南司法部半周刊《越南法律报》（代总编辑陶文会，2008 年创刊，出版未几停刊）、通讯文化出版社月刊《越南台商》（发行人庄耀奎，2009 年创刊，已出版第 9 期）、通讯出版社季刊《法律咨询指南》（主编林贵荣，2010 年创刊，已出版第 2 期）等。《华语世界》为学习华语杂志，《华人黄金篇》为经济信息，《越南台商》为经济信息，《法律咨询指南》为法律信息。《西贡解放日报》星期日有

"文艺创作"版、星期五"青少年园地"版，《西贡解放日报周刊》有"文艺创作"版等。除《西贡解放日报》《西贡解放日报周刊》《华人黄金篇》《华语世界》正式经营，《会讯》《越南台商》为会刊，《法律咨询指南》为宣传刊物外，其他都由厂商赞助出版。

越华著作

近年越华著作有：散文集《生活的激流》《一朵美丽的白花》，翻译小说《白玫瑰》，旭茹小说《梅花女》（1989）、《堤岸文艺》（1989），凡笔、大汤、方乎等《越华现代诗钞》（陆进义主编，1993），黎原新诗《向阳集》（1995），谢振煜中译原香短篇小说《迟来的礼物》（1996），谢振煜中译《越南妇女历史文化遗迹名胜》（1999），刘为安、陈国正、冬梦等《越华散文选》（陆进义主编，2000），李尚文旧诗集《明道诗词集》（1994），颖顺华文中心学生作品专集《照亮明天》（陈国正主编 2005），颖川华文中心学生作品专集之二《曙光》（陈国正主编 2006），春秋、刘为安、徐达光等新诗集《西贡河上的诗叶》（陈国正主编 2006），刘为安散文集《堤岸今昔》（2007），李思达、怀玉子、刘为安等散文集《采文集》（黎冠文主编 2007），黄文辉、吴银桂、梁萍等《散文作品》（黄璇几主编，2007），杨廸生散文集《我们走得很近很近》、报导《走进堤岸》（2008），黎冠文、炳华、林旭、骆文良等诗文集《回旋》（2008），黎冠文、林旭、大乡里、吴隆庆等诗文《廻旋》第二集（2008），李伟贤新诗集《燃烧岁月》（2009），刀飞、文锦宁、石羚等新诗集《诗的盛会》（秋梦主编 2009），林燕华散文集《潇洒旅程》（2009），李福田越译《唐诗宋词》（1997）、《湄江诗词》初集、第二集、第三集（2003—2010），王沛川《中国唐诗选读》（2010），李伟贤散文集《屋梁》（2010），谢振煜《中越翻译实例》（2010）等。

近三年每年出版三部著作，比前显得活跃了，但所有著作均为自费印行，出版社并不问津，并非好现象。

文学组织

文学组织本来有《西贡解放日报》1988年成立的文友俱乐部，首任会长李福田，俱乐部活动了几年即告夭折。目前胡志明市的文学组织有胡志明市各民族文学艺术协会的华文文学会现任会长学明、湄江吟社会长蒙飞翔、《西贡解放日报》青少年俱乐部会长麒麟等。各组织会员一二十人，与在报刊上发表作品的文友四五百人不成比例。《西贡解放日报》停掉文友俱乐部，另组青少年俱乐部，显然是排除异己的全部中老年文友，以使青少年言听计从也。

过去华文文学无官方组织，但文友结社甚为活跃，如谢振炜等的《恒社》、黎启铿等的《海韵》、刘健生等的《风车》、飘泊等的《奔流》、尹玲等的《水之湄》、郭乃雄等的《笔垒》、谢振煜等的《文艺》等，而各文社也出版了一些文学杂志，首先是《文艺》的《序幕》拉开了越南文学杂志出版的序幕，连续的《时代的琢磨》《爱与希望》《星星》《文艺》第五辑等、《风车》的《风车》、《水之湄》的《水之湄》、《笔垒》的《笔垒》等，极一时之盛。

文刊沿革

《西贡解放日报》早期副主编陆进义对越华文学的推动不遗余力，1990年创刊的星期日敬业编辑的文艺版《桂冠文艺》，掀起一股现代诗热流。早年传承中国台湾现代诗风潮的荷野、银发、药河、故人、余问耕、李思达等，诗作连篇。可是现代诗不为一般读者接受，编辑部曾为此举行现代诗座谈会，文友热烈发表意见。陆进义作了小结说："对于现代诗有不同的见解，这是正常的，对于诗的艺术的诗论，我们正在进行。我们希望通过这个诗论，使我们的诗有所改善，有所进步。而要搞好这项工作，需要大家有所共识，则是艺术上可尽情地研讨，在团结的基础上进行艺术的探讨。"另一个星期五的文艺版《文艺创作》也由敬业编辑，作品为一般的新诗、散文、小说。《西贡解放日报》并成立文友俱乐部，在报社拨出专室让文友们每星期四上午聚会。每年春节，报社均举行联欢，参加的文友有三四百人，极一时之盛。后主编怀雨要求文友写现实的社会报导，《桂冠文艺》停刊，文友俱乐部也停止活动。

《桂冠文艺》创刊号荣惠伦（荷野）的《从心土出发，写在桂冠卷首》说："《桂冠》的揭橥乃提供一份赤子般热忱的趣向，如阳光、如空气、如雨露，如生命的鲜艳，如知感的深远，如真如纯，如点也如面。你我顶礼着优统的优位，些些的因袭脱离何妨？在认知的存折上，个性的开发与进位，是探寻自我的至终至极、至深至底属向。如斯的我们，当能赋格出一系列的挚诚与创意的新价值构思。"《桂冠文艺》的赤子般热忱的趣向经不起时间的考验，短短几年后就走进了越华文学的黑暗历史。

现《西贡解放日报》星期日文艺版"文艺创作"由黄凤爱编辑，已出版第 324 期。近期刊登了陈国正的欧洲游记，刘为安的杂感，江国治、骆文良、王泽泉等的散文，冬梦、施汉威、文锦宁、石羚、过客、柳青青等的新诗。这都是老一辈的作者。也刊登年轻作者李伟贤、林小东的新诗、散文、小说等作品。《西贡解放日报周刊》的"文艺创作"也大同小异，特别的是有时刊有一两页小说，也刊登一些旧诗。但《西贡解放日报》《西贡解放日报周刊》的政治性甚重，在 430 解放日、92 国庆、胡志明冥诞纷纷刊登应节诗文而失落了文学的内涵。

作者群像

《越南华文文学》季刊由中越混血女作家李兰主办，靠厂商赞助经费维持。主编怀雨为前《西贡解放日报》主编、越南诗人，副主编陈国正为老作者。《越南华文文学》编排完全不成格局，各页字形大中小混杂，标题凌乱，有如大杂烩。内容为一般新诗、散文、小说等，新诗占大部分，作者也是一些熟面孔如刘为安、陈国正、秋梦、刀飞等。刊名虽为"越南华文"，外国作者却占大部分，如中国台湾尹玲，美国菲马、于中、远方、绿音，菲律宾王勇、林素玲，泰国曾心，最多的是中国各地，如北京王耀东、马列福，甘肃陆承，陕西寒山石，四川许星、鲁川，山东寿光，贵州姚辉，广州李长空，重庆彭世学，浙江郑来法，福建马蒂尔，黑龙江高万红等，也大部分为新诗。越华文学办刊几变成了外国华文文学的殖民地。

越华无职业作家，因为报刊刊登作品多有限制，除《西贡解放日报》《西贡解放日报周刊》发稿费外，其他刊物均无稿酬，作家无以为生。一般只是兴之所至，投投稿，满足一下发表欲而已。作品刊登亦有限制，一是只有一份日报、寥寥三几份杂志，园地有限；二是报刊门户之见严重，排除异己，故步自封，无已为甚。《西贡解放日报》《西贡解放日报周刊》《越南华文文学》都有黑名单，如同世界史文艺复兴的黑暗时代。

诗人充斥

越华报刊刊登最多的是新诗，有人戏喻，越华满街都是诗人，问题是那些是什么诗人？当然称得上诗人的是有的，但只是凤毛麟角。以越华现代诗专集《西贡河上的诗叶》里的21位诗作者为例，只有秋梦的诗刊登在《创世纪》《笠》《龙族》《大地》《暴风雨》《新大陆》《诗风》《早安澳大利亚》《诗天空》等外国著名诗刊；曾广健的诗刊登在《亚省时报》《风笛》《新大陆》《早安澳大利亚》等；蔡忠的诗刊登在《新大陆》《风笛》《奇异网》等。这个3/21 比的诗人是值得思虑的。越华新诗刊登最多的是施汉威、蒙灵，《越南华文文学》第 10 期抽样：

灵思絮飞（之二）

施汉威

（六）希　望

涓涓细流

蜿蜒时空

窜入体内

人的眼睛

灿亮起来

于是

明日写满了华丽

生活扬逸着创意

再沉重的担子

挑起来

也觉轻松

你说
溪水若是干涸了
该是如何
颓绝怕人的
一张脸孔？

（七）脆 弱
狮豹般纵跃奔腾
眼睛贪婪
还四处巡猎

霹雳一声
命脉活生生被震断
山，颓然崩溃倒塌

生命
啊！怎地如此
不堪一击？

（八）情为何物
夕阳引来了暮色
晚空便哭得珠泪纷陈
黄昏后的柳梢
见证着纠缠不清的恩怨爱恨
海难枯，石未损
情是何物？
深海缄默，未敢作誓
心虚的
忙将沙滩残留的足迹
洗刷

拆字诗
蒙灵

驾
加鞭快马
让无边希望的雄心驭驾
直奔光辉万丈的里程

驰
现代骑车也像古代骑马
人类凭着这般交通工具
随意奔驰往返之路

出
语云："一山还有一山高！"
才能出类拔萃者
理应谦逊为宜

咄
口出狂言妄语者
往往给人印象是：
咄咄逼人，唬吓善良

无可评论

　　新诗多，评论则付诸阙如。报刊偶或刊登一两篇诗评，学术论文则一片空白。以《越南华文文学》为例，已出版的 10 期如：陈葆珍的《赏析荷野的〈婉约〉》（第 1 期）、《寒山石诗话二篇》、王耀东的《好诗必新》、长篙的《浅读余光中》、陈美翎的《析读诗人刀飞的〈我也问禅〉》（第 3 期）、许广胜的《评〈躲在天堂里的眼睛〉》、寒山石的《感受汉字的文化魅力》、长篙的《试读〈问禅〉》（第 3 期）、王勇的《诗写现实》《寒山石的诗坛随感录》、非马的

《我对微型诗的一点看法》（第5期）、陈水昌的《当前新诗状况的管见》、王耀东的《深层的体验、诗美的超越》（第6期）、刘景松的《耕播、坚守、展望：读〈越南华文文学〉》、王耀东的《好诗是一粒把玩不够的钻石》、陈志泽的《喜诗〈王勇诗选〉》、绿茵的《诗写人生》（第7期）、寒山石的《微型诗鉴赏八法》、周婷的《诗香遍地：曾心小诗点评》、何彬的《欣赏香港蔡丽双的〈灵泉〉》、蕉椰的《闪小诗》（第8期）、王耀东的《打开汉字语码的神奇翅膀：读塞遥诗集〈禁区〉》、蔡志燕的《最真的孤独》、向阳的《现代语境下的古曲情结：读紫儿的〈青花〉》（第9期）、苏绍莲的《少年的诗课十六则》、冰花的《非马〈醉汉〉诗赏析》等（第10期）。

除了绿茵是越华作者外，其他全是与越华文学风马牛不相及的外地人。越华作者偶或有一两篇诗评，但多被认为是"歌德派"，极尽吹嘘之能事，真正的评论都不能见天日。评论作品将另行介绍。

散文小说

越华文学新诗多，散文次之，小说寥寥无几。以《西贡解放日报周刊》近5期为例，第43期丽燕《三兄！胞妹永远怀念您》等6篇，无小说；第44期海晴《难忘的纪念》等8篇（已移居美国的气如虹《悼念诗杰》应不属越华文学），无小说；第45期关杰文《车祸从何而来》等9篇，无小说；第46期埚蜻《中年失业之困》等8篇，无小说；第47期海云《感受错综复杂的一天》第8篇，无小说。散文小说比例是49：0。

《越南华文文学》第10期曾广健《不尽的感激》等4篇（去国的汤桂芳《故人重逢》及国内作者16篇不属越华文学），小说林松风《翠玲》等（广州伍俊《越冬的爱情》第2篇不属）。散文小说比例是10：1。散文作品将另行介绍。

翻译诗文

几十年来翻译小说只有谢振煜中译越南文学首奖原香短篇小说《迟来的

礼物》（1996）、《越中中越翻译实例》（2010）及李福田越译唐诗《唐诗宋词选译》（1997）。在《西贡解放日报》刊登气如虹中译阮献黎的《越南学者对孔子的评论》（原题《孔子》）、中译李兰小说《丽梅》等。银发也中译过李兰的小说等。

翻译也是最弱的一环。一般翻译作品素质粗劣，如《西贡解放日报》报头的《胡志明市人民之声》译成《胡志明市的言论机关》，劳动出版社的月刊《华人黄页》译成《华人黄金篇》，"雒越信息股份公司"译成"乐越计算股份公司"，其中越词典广告"拥有聪明工作工具的特别机会"译成"特殊机会得到聪明工具"，《破了的晒衣夹》《水泥》《床单》《华语世界月刊》译成《破衣》《黏土》《蚊帐》等。这是几个单词的小事，小事尚且如此，句子的大事就不堪设想了。这些错误经常在报刊上流传，无人过问，过问相关事方也置之不理，让报刊继续荼毒忠实读者。

越文作品

华人作者有越文作品在越文报刊刊登的只有过客与谢振煜。过客还获得过越文奖项。

旧诗一席

越华文学旧诗占一席之地，湄江吟社倒是诗翁济济，觉今、过客、庞明、李福田、江国治、蒙飞翔、吴家祺、曾崇惟、骆文良、黎冠文（殁）等吟唱不辍，而名著曹信夫更是国学泰斗。

湄江吟社成立，第一任社长庞明庆祝诗：

诗坛冰冻已多时，此际熙熙暖气吹。

吟草再生依旧绿，笔花齐放竞新词。

书童着意勤研习，侪辈恒心正教施。

圣学承先还启后，风骚重振又兴师。

曹信夫诗：

湄河源溯在神州，江水南流几万秋。

吟咏每供风雅客，社交酬唱乐悠悠。

越华老将

越华文学老一辈仍有写作的：杜风人、秋梦、刀飞（李志成）、李思达、刘为安、陈国正、施汉威、深山、梦灵（文锦宁）、徐达光、林松风、黎景光、黄其中（谢余湘）、余问耕、石羚、谢振煜等。已封笔的：杭慰瑶（狂人）、江锦潜、徐永华、小苗芽等。已出国仍有写作的：心水、千瀑、郭乃雄、陈铭华、银发、仲秋、方明、冬梦、气如虹、柳青青、荷野、郭挥、周文忠、尹玲等。冬梦、气如虹、柳青青、刘健生等经常返越。

前越华作家、诗人在美国陈铭华主持的《新大陆》网站出版平面著作的有：陈铭华诗集《河传》《童话世界》《春天的游戏》《天梯》《我的复制品》《防腐剂》、心水诗集《温柔》、文集《我用写作驱魔》、千瀑诗集《细雨淋在青石板上》《苦水甜水》、诗文集《三钉记》、王施小菱编书法《钱江寅客习字集》、陈本铭等诗集《四方城》、黄玉液小说《怒海惊魂》、吴怀楚文集《此情可待成追忆》《梦回堤城》、郭挥文集《月比故乡明》、吴怀楚诗集《我欲挽春留不住》、郭挥文集《天上人间》等。

中国香港冬梦主持《寻声》网站出版的平面著作有：冬梦诗集《香港近五十年新诗创作选》（合集 2001 ）、《墙声》（ 2002 ）、《十根手指咬出一种痛》（ 2002 ）、《岸不回头》（ 2006 ）、《冬梦短诗选》（中英对照 2007 ）等。

澳洲心水著作另有长篇小说《沉城惊梦》（ 1988 ）、《怒海惊魂》（ 1994 ）、微型小说集《养蚂蚁的人》（ 1997 ）、《温柔的春风》（ 2000 ）、《比翼鸟》（ 2007 ）等。心水太太散文《回流岁月》（ 1998 ）及婉冰诗集《扰攘红尘拾絮》（ 2006 ）等。

前越华作家、诗人在外国的著作有陈大哲的《乘着歌声的翅膀》、漫漫的《硝烟下的足印》（ 2006 ）、天涯的《故国他乡》（ 2010 ）、洪辅国的《跨世纪的憧憬》、龙震潮的《潮声集》、马玉强的《碎片集》、陈舜生的《烽火里的红蚂蚁》《爱的生命哲学》《生命爱的育蕴思维》、气如虹的小说《无奈》等。

这些精英的流失是越华文学永远无法补偿的损失。

回顾前瞻

越华报刊刊登作品最多的作者文锦宁即蒙灵的得奖征文《回顾、前瞻、展望》谈及越华文学创作活动,他说:"教育界、文化艺术界喜见百花竞放、万象争鸣的前景。艺术界如书法、绘画、摄影、雕刻,等等,不断培育出一批又一批优秀的人才。至于文学界,虽然鉴于客观环境条件的规限,未可作更广泛、更深入的发展,但可喜的是仍见到崭露曙光的一点点成就和蓬勃新气象。说起华文文学创作活动,最先应推华文《西贡解放日报》,在开放革新政策初期便开辟了青少年园地及文艺版,立即大受爱好写作的文友和喜爱文学的读者们所欢迎。二〇〇四年六月之际,华文《西贡解放日报》整顿内容和质量,除了保持'青少年园地',还开辟'文艺版',每逢周日见报,这一大喜讯无异给文学写作者注射了兴奋的强心针。在一年后再出版周刊,文学这一门渐见美好前景。"蒙灵的展望:"在文学创作的领域上,每个作者付出心血来创作,都希望得到前辈学者肯定,才有兴趣和信心继续创作,是好是差都有批评者公正的指引,才有更出色的作品问世。"

另一位作者王泽泉的得奖征文《对越华文学的关爱与期望》也说:"这些年来,华文文学创作已备受关注。在越华文学创作的道路上,也涌现不少的老、中、青爱好写作的文友。我希望越华文学所有的作者,请动用我们的笔,写出现今腾飞的新面貌。用我们的笔,弘扬推进社会的进步。"

越华资深文友周永新在《西贡解放日报》刊登的《文友俱乐部——后顾前瞻》说:"一九八八年十月廿三日,一个美丽的星期天下午,解放日报的会场又聚集了许多文友,参加征文颁奖典礼。正是这个日子,编辑部的代表已正式宣布:报社接受文友们的提议,筹组成立文友会。大家即席推举几位筹备委员,当时被推荐出来的有:李福田、欧咏轩、黄汉超、林文海、何丽真和我。终于,一九八八年十一月廿七日,解放日报所属的文友联谊会正式成立。选举了第一届执委会,李福田文友当选会长,首届任期暂定一年。那时候,文友联谊会的成立是相当令人兴奋的,社会人士都关心和支持。值得鼓励的是,胡志明市广播电台的华语组,邀约我们作录音访问,这种种好的开始,正鞭策着每个执委必须不负所托,办好文友会的工作。于是乎,第一步决定每周抽出两天的上午,和文友们会晤,这才能真正地联谊及交流写作经验,并研讨文艺版的优缺点。第二步是确定普通文友和会员,发会员证,规定了应享权利与应尽义务。第三步是同编辑部一起，举办各种学术座谈会，让文友们公开发言讨论。第四步是配合华人社会所需求的一切文化文艺活动，加以协助。第五步是为文友服务，将编辑不用的稿件交由文友会处理，指出症结所在后发还给作者。最后一步是配合出版社出版不定期刊物和编印文艺书籍。《堤岸文艺》丛书是在那段时期创刊的，并计划以后还出版下去。为了推广这刊物，编辑部和执委会先后拜访永隆、芹苴、蓄臻、定馆等地的华人社团，都获得支持和鼓励。可惜当时的客观环境仍困难重重，《堤岸文艺》丛书未能继续出版。一年时间太匆匆，八九年的尾声中要改选新的执委会，由于有较足够的准备，第二届的阵容就有相当实力，并将文友联谊会易名为'文友俱乐部'，故人文友担当了主任，几名当选的新执委：石羚、浮萍、陈华、秋梦等，都干劲十足，真深庆得人。这班执委办起事来显然顺利得多。所以，第二届的文友俱乐部进行了许多有意义的工作。在报纸方面，除了协助举办征文、征联外，最有成绩是开辟了以现代诗为主的'桂冠文艺'版，将'教与学'改为学习为主的'幼苗'版，并开办写作培训班等。对外则继续配合华人的文艺文化活动，参与如美术、摄影的展览事项。很可惜是，几个得力的执委，后来因私务繁忙，离开岗位，文友俱乐部因而比较涣散。第二届的执委会任期为两年，到九一年底任满，改选工作一直未能进行，虽然尚余的执委循例支撑着文友俱乐部，也有部分非执委文友协助会务，但总觉得名不正言不顺，俱乐部变成空有其名，已不像初期那样受人重视了。"

政宇就《西贡解放日报》周刊文学作品内容给阮中部主编、陈国华编辑部主任写信说："我们都是贵报之忠实读者。多年来一直以之为精神食粮，尤其是你们的周刊，每期都登了不少可读性很高的文学作品，更是大家之最爱。可惜近一年多来，你们的周刊及文艺版竟越办越差，令广大读者大大失望。不只周刊的文学作品（包括诗词、小说等文学创作）数量大减，质量更每况愈下，最近更常以大量枯燥、水平一般和无甚可读性的所谓游记来糟蹋篇幅。具体如本期之《贵州行》及不久前之《西游记》，都叫读者大摇其头。另一种应酬文章如今期之《写给黄维汉》亦非读者爱看，提议少登此等作品，多选名副其实的文学创作文章，以提高华人的文学欣赏水平和符合广大读者之爱好。还有敬希别再登那（诗）赏析，太不合时宜咯。为何不选新诗赏析方为实际。以上浅见，敬希研究探讨，期能尽速改进。"

越华文学如果以越南统一作分水岭的话，这 35 年只多出版了 20 多部著作，加上在报刊刊登的作品，在量上远少于前 35 年，因为当年堤岸现在的胡志明市有《建国》《远东》《亚洲》《成功》《越华》《新论坛》《新越》《光华》《海光》《人人》等几十家华文日晚报及《民声》《奋斗》等周刊，各报刊每周都有一两个文艺版，刊登数量不在少数。在质上，这 35 年比前 35 年更大为逊色。当年《远东日报》副刊专栏、《亚洲日报》社论星期论文等现在已变得绝无仅有。这 35 年越华报刊连《西贡解放日报》《西贡解放日报周刊》还建立不起专业性，字形、标题、排版杂乱无章，华文水平低落，错误百出。许多老一辈的作者调词遣句也有问题，如《西贡解放日报》记者麒麟把"考生"写成"试生"，《西贡解放日报》前副主编旭茹把"普通话"写成"北京话"、把"头发斑白"写成"斑驳"，训导主任陈国正把"新闻检查"（中国台湾）、"审查"（中国大陆）写成"检阅"，《西贡解放日报》编辑部把"邮寄"或"寄邮政"写成"透过邮局寄回"，诗人刀飞把"国道"写成"国路"等，不一而足，遑论年轻一辈。这是越华文学的隐忧。谁说江山代有人才出，各领风骚几十年？这句话完全不能指越华文学，因为这 35 年的一代并无人才出，并不能各领风骚，何况是几十年！

望文兴叹

35 年前越华文学的精英大部分去了外国，也在外国扎根结实了，如陈铭华、心水、千瀑等都有两三部新诗、散文、小说等著作，其中心水曾获多项海外著作奖。越华文学精英如果还羁留越南，只能望《西贡解放日报》《西贡解放日报周刊》《越华文学艺术》《越南华文文学》兴叹了。

35 年！35 年一霎时过去了，越南文学能以什么去期望另一个 35 年呢？一腔热情的李兰要为越华文学打开局面，但执行编辑的资深作者刘为安（后退出）、陈国正非专业加上傲慢与偏见，造成《越南华文文学》的黑洞。越华文学的新一代文友——执笔者应该是痛定思痛地喊出"拿破仑的剑不能到达的地方，我们用笔杆去完成它"的时候了！

作者简介：

　　谢振煜，1936 年在越南芽庄出生，籍贯广东番禺，中国台湾"中国"新闻学校毕业，历任越南西贡电台评论撰稿人、越南堤岸亚洲日报新闻编辑、文艺社社长、越南经济新闻编辑兼翻译主任、中越翻译班主任、实验翻译杂志主编、澳洲世界华文作家交流协会副秘书长、《越南华文文学网》站长、《谢振煜脸书》站长，中越文学、翻译著作二十余种，现职写作教学。出版诗作《献给我的爱人》，曾翻译原香短篇小说《迟来的礼物》(1996)、《越南妇女历史文化遗迹名胜》(1999)。

希尼尔小小说的艺术特征

秦德龙

　　希尼尔是新加坡的著名作家，作为小小说的志同道合者，我十分钦佩他在这一领域所作出的各种探索。他的小小说，勇于在文体上创新，颠覆了传统观念，开辟了文学新天地，展现出迷人的文学景观。通过阅读希尼尔的小小说，我感到他在艺术探索中，集中反映了社会的面貌和大众心理，表达了对人生的关注与思考。

一、结尾出奇制胜

　　以《退刀记》为例。老太太要求店员退掉刀具，因为"这把刀太阴冷，用了令人厌恶心寒"，更因为这把刀"杀了人"，"凶手还歪曲了真相……"情节一步步推进，结尾处意味深长地说："我老伴，还有幼弟全家被杀了。"这是发生在南京的惨案，这把刀是"日本制造"。这就在点题。

　　这篇小小说，绝就绝在结尾，结尾处出奇制胜，给人以心灵的震撼。简言之，读者阅读小小说，就是阅读结尾的。美国作家欧·亨利的小说结尾，被当做小小说创作的经典，受到许多作家的崇拜。欧式结尾是小小说的经典写法。这种欧式的写法，最接近大众阅读的求知心理，受到读者的欢迎。希尼尔的这篇小小说曾被 12 家刊物转载。

　　小小说原本就是讲故事。写出故事之外的丰韵，超越故事的时空意义，仍是高品位小小说应该追求的。作家必须是反常规的，因为规矩是人定的。有时候，最不可思议的故事，反倒是真的。

二、构思荒诞不经

　　以《收藏弃约》为例。收藏什么的都有，但收藏弃约，实属荒诞。在列举了"弃约"的一系列劣迹后，作者写道："收藏一纸背信弃义的合约有社会意义，这标志着社会精英某些普遍性的道德价值观的偏移。（太深奥了）这些精英将来若继续'出人头地'，这张'毁约'必有其价。"作品娓娓道来，似乎奇怪就是合理。看似荒诞不经，却入木三分。只有敢于虚构，敢于荒诞，敢于离奇，敢于反常规，才能激活想象力，写出神来之笔。写作主要是靠虚构和想象，它是一种感悟。

黑格尔说，最杰出的艺术本领是想象。没有想象，就没有艺术创作。想象是作家最根本的艺术才能，代表了一个作家的艺术素质。想象力是创作的生命，没有想象力就没有小小说。我们的想象力往往缺乏密度和深度，缺少复杂的意识形态的东西，也就是精神性的东西。我们的精神如果没有弹性，过于确定，层次不够，就会使得我们的想象力失之平面。

希尼尔的想象力格外丰盛而且奇特。"荒诞性+想象力"是小小说生生不息的创作源泉，二者的合理叠加使作者展现出无边无际的创造力。在希尼尔的笔下，有许多这类作品。

三、描写留有空白

以《成语练习》为例。这篇小小说摘要了8条社会新闻，可以说，在作家的眼里，没有不能写的东西。8条社会新闻，全部贯穿了"成语练习"的注解，令人捧腹，引人沉思。万变不离其宗，集中到一点，小小说是刺向社会穴位的银针。阅读此文，可以做多种联想。作家在写什么？作家无须点明。

一切均在不言中。此时无声胜有声。

"计白当墨"的写法，原指绘画艺术，这类笔法很有特色。笔者故意"留出空白"，或者是依据海明威的"冰山理论"，让读者去悟。这种省略技巧最大限度地调动了读者的经验参与，使读者觉得作家很信任自己的理解力和经验能力。有些话，作者是不能说的，说了反而使作品寡淡了。蹩脚的作者与此相反，非要把话说透，恐怕读者不明白，实乃画蛇添足。

马尔克斯说，小说是用密码写成的现实。一个小说家最正确的动作之一就是耳语，用一个最亲密的距离向人诉说自己内心那些记忆。

四、文体以小见大

小小说写到一定程度，自然会使作家的创作呈现出多义性的表达方式。

以《认真面具》为例。这篇小小说曾在许多媒体上发表，并获得 1992 年第 1 届亚细安青年文学首奖。是年为新加坡沦陷五十周年，作品具有特别的意义。文中写道，前日军将领携孙儿南来怀古，对侵略与屠杀的事实竟是另一种诠释。孙儿对真相又惊又疑。"我"则冷眼观瞧——因为我知道这位前日军将领的真面目，含义深远。以小小说写历史是个大考验。希尼尔的创作表明，小小说是可以表现重大历史题材的。以小见大是作者的真功夫。

假作真时真亦假。这篇小小说，还可以有另一种解释。现实生活中，某些人是戴着面具的，天天戴着假面具生活。这就需要作家毫不客气地揭开这种人的假面具，还原以真实的历史状态。

人性是小小说永恒的母题。一个优秀的作家，他应该拥有与众不同的视觉，他应该能看得到别人看不到的东西，应该有"白日见鬼"的本事，虽然这个世界没有鬼。一般人是用眼睛看事物，真正的艺术家是用心，心是最好的眼睛。

阅读希尼尔的小小说，似乎有许多话要说，但又似乎说不尽、道不完。就此打住，愿听各位同仁赐教。

作者简介：

秦德龙，1955 年出生，天津蓟县人，中国作家协会会员，中国矿业作家协会会员，郑州市作家协会常务理事。现供职于中国铝业矿业分公司张青岗矿，高级政工师职称。下过乡，当过工人，读电大专科，中央党校本科函授毕业。作者致力于微型小说创作和理论研究，被《小小说选刊》《微型小说选刊》评介为"当代百家"。著有小小说集《水中望月》《好望角》《英俊少年》《墙头爬满花》，散文集《乘坐尾车》，报告文学集《小卒过河》。作品先后被《作家文摘》《中华文学选刊》《短篇小说选刊》《青年博览》等多家报刊选载，入选多种文集。荣获中国微型小说学会年度一、二等奖。名列"中国当代小小说风云人物榜·小小说星座"。代表作有《聚会》《左右倾》《水中望月》《鼓掌》《领导随意》《谁是真英雄》《那天晚上下大雨》等。获得省级以上文学奖励十余次。曾被评为河南省文联系统先进工作者，分别出席了河南省第三次青创会、第四次作代会、第五次文代会。2002 年荣获中国作家协会创研部颁发的小小说星座奖，名列中国当代小小说风云人物榜。

崛起的马来小小说女作家群

—— 以朵拉、黎紫书、曾沛为例

申　平

　　在马来西亚，在充满活力的小小说（微型小说）创作队伍中，活跃着一群知识女性。她们和她们的作品，形成了一道靓丽的风景线，令人瞩目。这些女作家以女性独特的视角观察社会，冷静思考人生，善于从看似平淡无奇的社会生活中捕捉人物，发现细节，提炼主题，并以女性细腻生动的笔触加以表达，创作出一篇篇精品力作。透过她们的作品，我们这些还没有去过或很少去过马来西亚的人不但身临其境——清楚地看到了那里的异国风光和风土人情，也让我们如见其人——从侧面了解了马来西亚华人的生活状况、喜怒哀乐。她们的作品歌颂真善美，鞭挞假丑恶，既有对社会人生的庄严思考，也有对习惯势力的呐喊和反抗，既有华人世界轻松愉快的各类故事，也有对人生的美好追求。读她们的作品，感到既亲切又自然，既陌生又熟悉，让人惊喜和期待不断。

　　笔者谨以朵拉、黎紫书、曾沛为例加以说明。

　　朵拉既是一位作家，也是一位画家。她在阐释自己的艺术主张时曾经说过："有心文学创作，不放过一切生活细节。观察的时候，冷眼旁观；创作的时候，用心思考和感觉。如何把平凡故事说得不平凡，除了冷眼热心，更别忽略生活中的小，小东西，小事物，小细节，把一切日常的小放大去看，深入理解。这和我画水墨画的方法一样，小小的一朵花，一只鸟，一颗石头，皆可成为蕴含深刻的图画。"朵拉是这么说的，也是这么做的。她的《自由的红鞋》《手表的心事》等作品，可以看成是对她文学主张的最好注脚。

　　在日常生活中，一双红鞋不足为奇，但是朵拉却在这上面发现了玄机。她把这双红鞋拿来作为小说内核，并以象征手法加以铺排烘托，最后形成了一篇发人深省的好作品。小说的前半段写的是女性对美的自我压抑。一对闺蜜内心都喜欢红色，喜欢红鞋，但是她们受传统习惯的控制，口头上却对红色和红鞋拼命贬低。后半段是说几年以后，当她们的社会地位发生变化时，她们却开始大胆追求美，各自买了喜欢的红鞋。尽管"我"的红鞋不怎么合脚，但是"我"依然穿着它，并毅然和不喜欢红色的男朋友分手。这里的红鞋，已经成为一种象征和标志，代表女性对自由、对个性的追求。

手表也是日常生活中司空见惯的事物，但是在朵拉的笔下，它却有了思想感情，懂得主人的心事。《手表的心事》里的池芳华，戴着一只前男友送的瑞士表，本以为真的可以戴一生一世，没想到她和男友分手后，手表也开始出现问题。"一只死了的手表"，本该丢掉，但是池芳华却舍不得。当表店的人告诉她这种手表无法修复、并开玩笑说"它想回到从前"时，池芳华的眼泪蓦然掉落。她体会到："原来善解人意的手表也知道这一年多来她蒸腾的心事。"小说写了池芳华对失去爱情的无限留恋，但是小说从头到尾，却不着一字，只借一只手表象征表达，"自热而然地流露"，实在令人钦佩。

黎紫书也是一位著述颇丰的女作家。她的作品也是从小处着眼，尽写普通人的普通生活，篇幅精短，却意蕴无穷。《同居者》《我是曾三好》都属于这类作品。《同居者》说的是一位独居女士的天花板上出现了许多生活用品，修水管的师傅怀疑有人在上面居住，建议她报警。但是女士不但没有报案，却反倒开朗快乐起来，她在猜想着天花板上人的模样和身份，甚至想多做一份饭给他吃。但当有一天谜底被揭开，原来是邻居家的狗藏了那些东西时，她立刻怅然若失，觉得对生活无比厌倦。小说写出了马来人的巨大孤独感，写出了独居者与人交流的渴望。笔者认为这篇小说无论在技法和主题挖掘上，都堪称佳作。《我是曾三好》则以荒诞的手法，写了一个人的双重人格。已经分裂成为精神和肉体"两个人"的曾三好，精神的要把肉体的干掉。这其实是写在生活的重压之下，马来人内心的巨大冲突，写她们在善恶之间的艰难抉择。这样的小说含义深刻，耐人寻味。黎紫书观察世界洞若观火，不但可以观察到"知了在外头穷嚷嚷的"外部世界，而且还能直达人心，洞悉人的思想情感。

作为马来西亚华文作家协会和世界华文微型小说研究会副会长，曾沛不但主编了《马来西亚当代微型小说选》这样有分量的作品集，而且她本人的创作也令人称道。与上述两位女作家相比，曾沛小说不但写了普通人的日常生活，如《家》《爱的宣言》等，同时也写了普通人之间的明争暗斗。如《改选》《种计》等。

《改选》讲的是同乡会会馆改选，兄弟两被卷入其中，最后只好各投不同竞争者一票的故事。面对双方的鸡争鹅斗，哥哥准备退会，而弟弟则身受浸染，看到了"鹬蚌相争、渔人得利"的契机，准备竞选下一届的主席。这个结果，不仅使哥哥"张着嘴说不出一句话来"，也使读者受到强烈震撼。如果说《改选》只是写了人与人争斗的残酷，那么，《种计》则写了这种争斗的无情。翠坪和程安本是一对恋人，但是在升职问题上，处于劣势的程安却暗度陈仓，终于爬上本属于翠坪的位置。按理男友升职，翠坪应该高兴才对，但是她却怎么也高兴不起来，最后还是愤而辞职。这种发生在恋人之间的尔虞我诈令人恐惧，深刻揭露了资本主义社会人与人之间关系的虚伪。

　　总而言之，以上三位女作家的作品，帮助我们打开了一扇窗口，使我们清楚地看到马来社会的人生百态。她们在艺术上取得的成绩，代表了马来小小说作家所达到的高度。当然，马来还有许许多多出类拔萃的女作家及其作品，只是由于种种原因，笔者还没有完全读到。确定无疑的是，马来小小说女作家群正在崛起，她们的作品，正在走向世界。

作者简介：

　　申平，1955年生，中国作家协会会员、国家一级作家。广东省惠州市作家协会副主席、惠州市小小说学会会长。发表作品260多万字，出版中短篇小说集和小小说作品集10部，作品获全国优秀小小说作品奖、小小说金麻雀奖、蒲松龄微型文学奖、《百花园》原创作品奖、郑州市小小说学会第二、第三、第四届优秀文集奖、冰心儿童图书奖、广东省五个一工程奖特别奖。《头羊》获2001-2002年度全国小小说优秀作品奖，2008年入选"新世纪小小说风云人物榜·金牌作家"。获奖评语：申平是那种耐力持久、发挥稳定的作家，他的小小说质量整齐，一拿出来就在较高水平线之上。数量虽不是很多，却是厚积薄发的结果。由于对小小说文体的钟情，他发表了数百篇小小说，并始终在小小说创作队伍中独树一帜。从《记忆力》《砍头王》《黑框》等参评作品中可以看出，是一个有着浓厚的现实与人文情怀的作家。他善于在平淡的日常生活中发现和挖掘其中的戏剧性，把现实生活中的故事和人物经营得有声有色，并擅长用巧妙的"突转"来使故事产生出人意料的艺术效果。写"动物题材"也是申平的强项，他从中思考的是人类与自然的依存关系。读申平的小小说，我们常常会沉浸在一种既世俗又清迈的审美意境之中。

优雅平静中的震撼

——读莲心小说《紫色闺怨》

申 弓

对于这次东南亚作家作品研讨会，我是大力支持的，可我不打算发言，因为我只是写小说，评论于我是外行。这天陆院长交给我一沓印尼的作品，让我作个评论。我只好勉为其难地接了下来，只说试试看。可一翻开作品，读到第一篇，我喜欢了。这沓作品一共有七篇，作者叫莲心，没有作者资料，我也不知道是男是女，只是从名字以及作品的风格看，我猜想一定是位女作家。作品长短不一，长的有3 000多字，短的仅几百字。我尤其喜欢第一篇，叫《紫色闺怨》，还有个副题叫"大新厝的故事"。初步印象，我觉得有点《城南旧事》的味道，于是便进一步觉得这作者一定是位女作家，而且一定是读过林海音的《城南旧事》，她所写的这篇作品，虽然人物、背景、事件跟《城南旧事》大不一样，可她所传达出来的缱绻之情和书卷之气是一样的。甚至，作品中的女主人公的着色也是同一个色——紫。城南惠安馆被称为疯子的秀贞，穿的是一件紫色的棉袄，而莲心作品中的锦章婶也爱穿紫色服饰。秀贞被称为疯子，其实她是不幸的，她嫁的男人，一走六年不回来，还留给她一个孩子小桂子，遗憾的是，这小桂子夭折了。而莲心作品中的锦章婶，同样的不幸，据说是男人新婚的第二天就下了南洋，也是一去不复返，连家人也去了香港，偌大的一座豪华的大新厝，她一个人孤零零地住着。当"我"这个叫阿迪的小女孩想要接触她时，心里又感到恐惧，因为她的富贵与孤独，造成了她与人格格不入，甚至打骂一些想要进入大新厝的小孩。但是这并不影响阿迪对她的好奇，一直以来就是想解开她的谜。比方为什么她的家庭如此豪华？又为什么她生活那么好却不快乐？这种缱绻之情甚至持续了几十年，直到后来离开了家乡，当有机会回来时，阿迪还是念念不忘要进入这座曾经令她充满谜团的豪华住所。就在一个最容易勾起思绪的绵绵春雨天，她终于踩着泥泞，踏进了这座久违的大新厝。可这座曾经豪华的住宅，经历了无情岁月，外观上的雕花、刻牌、漆彩……已失去了往日华丽光鲜的色泽，周围新盖起的洋房、别墅也逐渐移走了人们投向大新厝的目光。大新厝——大气犹存，却已辉煌不再！踏过门庭，砖缝里长出的密匝的小草躬身相迎，青石台阶登步而上直入大门，双脚落在了下厅。阿迪用久违的目光扫视着屋内的一切，屋内摆设井然，疏落参差，上堂正厅的长案，案前的八仙桌，两侧墙角放着些许的零星物件，天井的四方有残留的陈旧的花缸……这就是童年记忆中的大新厝，这就是当年令全村人望而却步不敢随意夺门而入的大新厝！如今，岁月的侵蚀令大新厝地面青苔薄积，柱梁、屋脊上的彩雕色泽泛白，部分已经脱落，雨水冲淋处更显斑驳……大新厝——荣华已过，盛景不复！作者连用了两个辉煌不再和盛景不复，加强了心理的落差，并由此引出了对大新厝女主人的一生的追忆：凝重的紫色闯进了阿迪的视线，阿迪好不乍惊，那是一席披挂在大房房门的竹篦门帘，帘面已经污尘栖身，原本的山水松石图案也几经褪色淡尽，唯独它的本色还是那样清晰可辨，浓郁深沉。望着那片紫色，迷迷糊糊中，阿迪仿佛又看到了坐在门前那个裹着小脚的女人和她寂寞幽怨的一生——由此而解开一生不得解之谜：漂亮、高傲的锦章婶之所以生在福中不快乐，不仅仅是因为孤独，而是因为封建束缚："恨是幼时不吃苦，方无三寸可伺君。"她的男人之所以抛弃她，主要是因为她的裹脚！试想，这样的女人快乐吗？小说给人所造成的震撼是够力度的。

　　这篇小说的语言也恰到好处，优雅、幽怨，颇具女性作家的特色。虽然是头一次接触莲心的作品，可就凭这一篇，我喜欢上了。

作者简介：

申弓，原名沈祖连，中国作家协会会员，广西小小说学会会长，中国小小说金牌作家得主。1981年起，曾在国内外报刊发表中、短篇小说、散文、报告文学等1000多篇（部），已出版小小说集《蜜月第三天》《粉红色的信笺》《邀舞者》《沈祖连微型小说108篇》《圣洁》《男人风景》《申弓小说九十九》《做一回上帝》《母亲的红裙子》《有奈无奈》《得意忘形》《前朝遗老》《广西当代作家丛书·沈祖连卷》《青山秀水》等14部。曾获得广西壮族自治区政府文学最高奖铜鼓奖、中国小小说最高奖金麻雀奖。部分作品入选《世界华文微型小说大成》《百年百篇经典微型小说》《微型小说鉴赏辞典》《中国新文学大系》《21世纪微型小说排行榜》等国家大书。有作品被译为外文发表到欧美及东南亚等地，并入选日本、加拿大、土耳其等国家大学教材。

是初次相遇，更是久别重逢

——读朵拉散文集《给春天写情书》有感

陆　衡

　　曾有评论者认为朵拉以真挚的感情拨动读者的心弦，引起广泛的共鸣，散文作品集《和春天有约》的关键词是"自由、个性、情趣和爱"[①]。笔者以为，这个评价其实也适用于她的其他散文集，比如《给春天写情书》。当然，对于后者，由于作品的生成更多是源于旅途中的感受，因此，与她相遇的不仅有风景民俗、奇人异事，而且还有一段段鲜活的历史。它们出现在她期待它们出现的时间、地点，令她怦然心动，心满意足或者心潮澎湃。那鸽子飞过蓝天的感觉，与其说是作家与它们的初次相遇，不如说是一种久别之后的重逢。

女旅行者的行走记录

　　黑格尔说："艺术的最重要的一方面从来就是寻找引人入胜的情境，就是寻找可以显现心灵方面的深刻而重要的旨趣和真正意蕴的那种情境。"[②]最易于满足这一要求的莫过于旅行以及由此产生的各式各样的游记。当代诗人柯蓝曾写过一首非常有名的《旅行者之歌》，表达了这样的愿望："我愿意当一个长久的忠实于生活的旅行者。/我在大山和海洋之间行走，/我跨过山岭、河流和无数的小路。/我要去找大山做朋友，/找海洋做朋友，/找河流跟道路做朋友。/大山它使我坚强、镇静，让我长得像一片茂盛的树林。/大海它使我心胸开阔，热情汹涌。/所有的河流，使我灵巧活泼，永远前进……所以我愿意当一个长久的忠实于生活的旅行者。"没有求证过朵拉是否读过这首诗，

---

① 胡德才：《朵拉散文的关键词》，世界文学评论，2007（2）。
② 黑格尔：《美学》第一卷，商务印书馆 1979 年版，第 254 页。

但可以肯定的是，她绝对拥有以上的意愿。在评价朵拉旅途散文的之前，还有一点是需要明确的，即性别的差异也许不会影响到旅行者眼中的每一座山每一条河每一个人，但对于一个拥有性别意识的女性而言，她眼中、心中的民情风景自然也有其不寻常的一面，《下午的蛋挞》《刚从韩国回来》《走一趟绍兴》都可以视做这一方面的例证。

《下午的蛋挞》从澳门人喜欢吃糕饼，以杏仁酥、花生糖饼、玛加烈蛋挞等最为著名说起，在渲染了一番寻找玛加烈蛋挞的艰难之后，插入"安德鲁和玛加烈结婚后，一起经营甜点生意。香甜的点心大受欢迎，两个人却没有甜蜜的结局"的故事，就在读者牵挂他们命运之时，作家把最后一口蛋挞吃完，啜一口加奶而不加糖的咖啡，也感觉到"有点苦味"。对这种苦味，作家如此阐释：

玛加烈肯定清楚短促的美丽带来的辛酸是怎么一回事。每天出产无数个甜香的蛋挞，闻得浮泛在空气中的甜美味道，她会不会偶尔恍惚惆怅地想起往昔旧时的浓情蜜意？

路过到来歇脚的游客，蓄意走来满足渴望的旅人，是否曾经想过，也许玛加烈用自己的方式来怀念她的过去？

激流的时光让悲欢的岁月总会成为过去，然而，搁浅在心里的门槛上那旧时的缱绻缠绵，有没有那么容易跨越得过去呢？

以苦味作结的蛋挞饱含了作家对玛加烈的无限同情与万端感慨。女性之间的惺惺相惜，光芒胜过夜晚繁星。

《刚从韩国回来》是一篇讨论女人与美貌关系的作品。在韩国，整容不仅是上至总统下至平民百姓的一门必修课，而且"今天的韩国之旅，即是美容之旅，你只要多看一眼两眼，就会发现你的女朋友起码年轻了五岁"。多五岁少五岁有什么差别？作家的回答是，在笨男人眼里、在十八至三十四岁年龄层女人的身上也许没有，但"那些已过了三十五岁不在青年队伍的女人，不要说多一年，多一个月都有极大的分别。你把三十五岁的女人，说成她三十六岁，她可能没办法真的杀死你，但她在心里诅咒你是一定的"。设问的适时运用，使文章于幽默风趣间揭示了女性尤其是三十五岁以后的女性对年龄的极度敏感、对年老的万分恐惧，绽放了女性作家的敏感特质。当然，文章最出彩的地方不是写出了女性对美貌的趋之若鹜，而且追问了这种追求的根本原因。作品列举了两个事实：美国埃克塞特大学选择一系列女人头像的照片分为两组，让刚出生一至七天的新生儿观赏，发现所有新生儿都花更多时间去看美女照片；位于庞比度中心的黄金地段和罗浮宫附近的某咖啡馆，"把长得不怎么样的顾客，打发到角落处用餐，至于貌美顾客就带到显眼的位置"。无论是出于自然本性还是社会属性，对美貌的推崇都是人们不二的选择。一旦了解了世界真相，作家对"济州岛知性之旅，或叫修心之旅"发出的一声叹息也许就不仅仅是她一个人的叹息了。

《走一趟绍兴》是作家对绍兴鲁迅故居的另一种读法。在这一个参观者普遍拥有崇敬仰慕之心的地方，作家留给我们的却是疼痛和忧伤。攀爬在周家墙上密密麻麻的垂藤植物令作家想起了朱安，想起鲁迅生前对她采取的"供养"；想起鲁迅去世以后，朱安的呐喊，"你们总说鲁迅遗物，要保存，要保存，我也是鲁迅遗物，你们也得保存保存我呀"；当然，还想到自己在出席鲁迅研讨会时，决定把发言稿定为《遗物的声音》。原因很简单："如果女作家也不为朱安发声，难道期待男作家吗？"这份基于女人的价值体验拒绝接受男性社会对女性定义，关注女性的生存状况与心理情感的仗义，是女旅行者上交的一篇另类游记，柔中带刚，发人深省。

作家、画家的时空穿越

李健吾非常赞赏法国印象主义批评大师法朗士的理论："法朗士告诉我们，犹如哲学和历史，批评是明敏和好奇的才智之士使用的一种小说，而所有的小说，往正确看，是一部自传。好批评家是这样一个人：叙述他的灵魂在杰作之间的奇遇。"[1]"灵魂在杰作之间的奇遇"，其实也可以这样理解，批评者因为某原因，经过某过程，从所在时空（A 时空）穿越到另一时空（B 时空），打破了时间的不可溯性和单一前续性，与某人某事发生了灵魂与灵魂碰撞的不期而遇。朵拉的《给春天写情书》中的不少篇章表现的正是这样的一种不期而遇。朵拉先后出版了 46 本（集）个人作品，频频亮相于世界各地的华文文学创作评论、交流活动，微型小说和散文是其文学创作的两大体裁。同时，自 20 世纪 80 年代开始水墨画创作，2000 年开始油画及胶彩创作，图画个展及联展 50 余次，包括马来西亚、新加坡、泰国、中国等地。所谓的"物以类聚，人以群分"，在旅行中最能触动既是作家又是画家的她的，莫过于那

① 李健吾：《自我与风格》//《李健吾文学评论选》. 银川：宁夏人民出版社 1983 年版，第 214 页。

些逝去的文人墨客以及他们留下的不朽之作。《异乡的花朵》《美浓情浓》《林语堂的故乡》《来吧，到巴塞罗纳来吧！——因为毕卡索》《麦子的位置》《老年有梦》《常玉在巴黎街头》记载的就是这种撇开了古今中外的纠缠才拥有的心照神交。

作家与诗人、小说家、学者的相会总是那么的一见如故。在《异乡的花朵》中，作家和身着白袍、童颜鹤发、长髯飘逸的诗哲泰戈尔、行弟子之礼的徐志摩以及秀丽优雅的林徽因，相约在马来西亚槟城辅友学校校园里印度人喜欢的绿叶白花茉莉下，一起重温了诗哲短诗"天空的蔚蓝/爱上了大地的碧绿/他们之间的微风叹了声'哎'"所带来的婉约浪漫。而要弥补当地无人认识诗哲的遗憾，其不易似与茉莉花的香味一样需要让人耐心等待。在《美浓情浓》中，作家遇到的是以钟理和为首的35位中国台湾文学家。作为台湾乡土文学的奠基人，钟理和一生贫病交加，45岁去世，仅出版过一本小说集。等到电影《原乡人》大红大紫的时候，作者已身故二十年。所谓的书比人长寿，作家感到安慰的是，好作品"让人看见文字的本领之高强，具有穿透时空的力量"。在《林语堂的故乡》中，作家在漳州"林语堂纪念馆"邂逅了林语堂。林语堂"两脚踏东西文化"，却只把漳州当故乡，把自己最大的享受锁定在是"听到闽南话"上。海德格尔说，语言是存在的寓所。正是建立在唯有言说使人成为人的生命存在的观念上，同为闽南后人的作家才感觉到了自己与林语堂的天然的血肉关系，在为同乡杰出的文学文化成就骄傲的同时，更为他对闽南身份的坚守感到由衷的感谢与敬佩。

画家与画家们的相遇似总有一股热血在燃烧。在《来吧，到巴塞罗纳来吧！——因为毕卡索》中，人"无论走到哪儿，都与毕卡索相遇"。这位自称"世界上最年轻的画家"的画家，能在各种变异风格中保持自己粗犷刚劲的个性，在各种手法的使用中达到内部的统一与和谐，因为他知道："每个人的年龄都由自己决定，我生命里持续的青春是用来发现的。"在《麦子的位置》中，朵拉在梵高的原作《罗纳河上的星夜》《加歇医生的肖像》《奥维的教堂》前，感受生命的滚动燃烧。梵高在饿肚子与少画画之间仍"尽可能地选择前者，而不愿少画一些画"的做法，使作者反思自己：许多人觉得梵高很可怜。其实，更可怜的是，用一生的时光来寻寻觅觅却始终找不到自己的位置的我们。在《老年有梦》中，夏尔丹能赋静物予生命，以风俗画反映普通人民和善、勤劳、俭朴的美好品德。他告诉后人：梦想要设法去实现，才不会沦为虚幻的肥皂泡泡。在《常玉在巴黎街头》中，朵拉遇到了我行我素、唯我独尊的常玉，看见他"不循规蹈矩到美术学院进修，时常在咖啡馆里一边看《红楼梦》或拉小提琴，一边画他的画"。正是对艺术的疯狂、对梦想的执著，前辈们才能欢快而独立地奔跑在艺术的原野中。这种特立独行的精神深深打动了朵位，以至于在法国旅行的她，"没去时装展，没去歌剧院"，仅仅是为了遇见叫她倾心的他们。

秦牧笔法的承继与发展

散文"除了政治思想教育、塑造形象、概括表现生活，陶冶性情，给人以美的享受等等之外，还有一项是满足读者的知识要求"和"有很大的'遣兴'的作用"①。回顾当代散文创作，不得不承认，秦牧是这一目标的提出者也是最优秀的践行者。据说有一位文艺评论家，向听他讲座的一群读者问道："你们说当代中国拥有最多读者的散文家是谁？"人们不假思索地异口同声回答："秦牧！"足见秦牧在文坛上影响之大，在读者心目中地位之崇高。② 21世纪前后，余秋雨、张中行、红孩、刘亮程、鲍尔吉·原野、季羡林、宗璞、梁衡等大家从不同的方向推动了散文的阔步发展。若论对秦牧衣钵的承继，朵拉即使不是不二人选也是当中的佼佼者。

从生平与创作实绩看，朵拉与秦牧有着太多相似的地方。秦牧，生于香港，童年和少年时曾侨居马来西亚和新加坡。从曾祖、祖父到父亲，秦牧已是三代华侨。秦牧的散文不仅在中国国内影响巨大，在海外也有一定的影响，除《古战场春晓》《花城》《土地》《社租坛抒情》《长街灯语》《菊花与金鱼》等入选大、中学校教材，《榕树的美髯》《海滩拾贝》《蜜蜂的赞美》《年宵花市》等还入选中国香港、澳门中学语文教材；他的一些作品曾被新加坡选入中学语文教材。朵拉，祖籍福建惠安，出生于马来西亚槟城。从祖父、父亲，到她已经是第二代华裔。小说《行人道上的镜子和鸟》被译成日文，并在英国拍成电影短片，于日本首映。多篇小说改为广播剧在马来西亚及新加坡电台播出。曾获读者票选为马来西亚十大最受欢迎作家之一，文学作品译成日文、马来文等。散文及小说作品被收入中国多家大学、美国加州大学伯克利

---

① 秦牧：《艺术力量和文章情趣》//《艺海拾贝》，上海文艺出版社1984年11月版，第204页。
② 任仲辽：《论秦牧及其散文》，沈阳教育学院学报，2000年第1期。

分校，被收入新加坡、马来西亚等大学及中学教材。从作品的特色风格看，丰富的阅历、乐观的态度、渊博的知识，使这两位作家均把思想性、知识性、趣味性三者紧密地结合起来，在散文创作中形成了形散而神不散的特点。尤其值得一提的是，秦牧关于"对于和当地景物有关的历史、地理、神话、博物具有较丰富的认识，写出来的作品就必定饱满丰腴得多"①的游记总结，在朵拉的作品中得到了非常好的运用。在《太平的感觉》一文中，朵拉从马来西亚太平地名由来说起，还原了英国殖民者以平定华人帮派争权锡矿冲突为名，暗地里扩大统治版图的历史。于无声处中，委婉批评了华人的不团结，揭露了殖民者的贪婪本质。对薄饼、炒粿条、咖喱面、云吞面、娘惹糕等太平著名小食的列举，早已令人垂涎欲滴，太平人的嗜好"赌雨"更是让读者眼睛一亮：因为降雨量的全马第一，太平人每到黄昏就会揣测"今天下午几点下雨"。好的游记，会让人邂逅一种生活方式，体验不同的文化和习俗，在全然陌生的过程中获得一种惊喜。朵拉的《上海过客》《天公生日大过年》《悠闲棉兰》《妈祖的故乡》《花见阳明山》《先贤文化入人深》《纹身故事》就是这样的作品。

曾有论者提出：不管怎样地谈天说地、论古道今，最后秦牧总是要说出一些众人皆知的道理来。比如从花市联想到"现实主义与浪漫主义的结合"，从标灯归结到"应该辨认和遵循正确的航线"；从渔猎能手的经验上升到如何"掌握马克思主义哲学的认识论"；从老人射击和演唱抽象到"共产主义是人类的青春"，等等。这一模式使秦牧遗弃了个性，充当了教师和保姆的角色。②其实，一代有一代的文学，大师的平庸缘于一代历史的贫困。庆幸的是，语境的改变使这一种"微言大义"在朵拉的作品不复存在。在《情人节的花》一文中，朵拉不仅普及了花语知识，还以"如果往后我不再貌美如花，那么你未来是否还挣钱养家"质疑了当前流行语"我负责挣钱养家，你负责貌美如花"，调侃美丽誓言是"用来听着开心的"。文中所表现的对爱的渴望与心平气和的生活态度也许和高大上无缘，却有着一种绚烂之极归于平淡的美。在《刺桐城访开元寺》一文中，朵拉虽以详尽的史料介绍了福建泉州开元寺的历史掌故，强调了"不到开元寺，枉费泉州行"的重要性，末尾却回到2011年大家有幸直面珍贵大藏经和佛教文物之际，"同去的女作家却为她心中最为珍贵的男人在流着情变的泪"的旧事中。文章关于"每个人生命中的最可贵

---

① 秦牧：《游记文学的艺术色彩》，《秋林红果》，北京：人民文学出版社1983年版，第224页。
② 林贤治：《刘个性的遗弃：秦牧的教师和保姆角色》，《文艺争鸣》，1995年第3期。

之物，收藏在自己心里，唯有自己知道"的点题，使游记敢于流露个性，充满了作家的音容笑貌，符合"让文学回归我们的内心"的时代想象。

　　自然，尽管我们给了朵拉一个"当代女秦牧"的称号，但朵拉的作品并非尽善尽美。有小许文章内容比较多，通篇采取"散点透视"的手法，缺乏一条串连起来的主线，有作者随意调度时空的嫌疑。有些原本很精彩的故事、事件刚提及就被掐断，一些片段也由于缺乏必要的铺垫和交代而显得生硬、突兀。《厦门的风》《天公生日大过年》《旧上海新天地》等作品或多或少都有这样的不足。

作者简介：

　　陆衡，女，1968年出生，文学博士，钦州学院人文学院教授。

试论许均铨短篇小说中异类爱情的书写

陆 衡

在一个"富翁易见，诗人难觅"①的国度，许均铨的成功绝非偶然。这位缅文名 Kyaw Win 的作家，出生于缅甸仰光市，现居住在中国澳门，是"一个喜欢记录生活的男人"②。他集编辑、诗歌、小小说、散文创作者于一身，系新加坡《新世纪文艺》缅甸篇编辑顾问、印尼国际日报《东盟文艺》缅甸篇组稿人、东南亚华人诗人笔会理事、《东南亚诗刊》缅甸卷组稿人、澳门笔会会员。先后出版的作品集有《澳门许均铨微型小说选》（2006）、小小说集《一份公证书》（2010）、《归侨在澳门》（合编，2005）、《缅甸佛国之旅》（合编）（2002）、《缅甸华文文学作品选》（合编，2006）。2009 年，散文《驿站的岁月》获"第八届澳门文学奖"散文优秀奖。2006 年，被凌鼎年先生誉为"澳门小小说的旗帜"③。在这里，笔者拟与大家分享的他的短篇小说《浪漫禁区的情愫》《父亲的爱情故事》《智仔的西施情结》《大马坑之恋》《混血儿阿林》。阅读这些作品，我想到的三个关键词是异域色彩、边缘人物、宗教关怀，以为作家试图在用一种宗教关怀去反映和表现泰缅边地边缘人、底层人的爱情，这种爱情虽为异类，却也纯真纯朴，可笑可爱，神秘深情。

异域色彩

许均铨的小说一开始便带有独特的风采。以浓郁的缅甸风光和泰国边远

---

① 许均铨的诗（2 首），《诗歌月刊》，2012 年第 5 期。
② 澳门许均铨的博客，http://blog.163.com/xjq_mo/blog/static/5849371820081291627819/。
③ 凌鼎年：《澳门微型小说的旗帜——许均铨》，参见许均铨《澳门许均铨微型小说选》，澳门出版社 2006 年版。

地区的异地风习为陪衬，以人物在平凡无奇的日常生活或不乏惊险的商旅生活中顽强求生、邂逅爱情为内核，将写景、叙事、抒情和刻画人物交织在一起，承接了艾芜的现代写意抒情小说的范型，表现出一种既乐观幽默又忧郁浪漫的格调与色彩。

自然的原始气息。读完《浪漫禁区的情愫》，和作家一起完成了缅甸克伦族游击队与政府军的拉锯战区克伦邦（Kayin state）（克伦游击队称国都勒（Guoduli））的穿越。在这个原始森林的深处，林木丛生，行走在那里犹如"穿越一个翠绿的童话世界"，惊叹"造物之主在这战乱的区域中，竟收藏着这一杰作，一个美丽的季节湖"。宁静的湖泊，"湖面长着一大片红莲、白莲、紫莲，在晨雾的蒙眬中，或高或低，或近或远，或大或小，各自摆出优美的姿态"；"早晨的太阳照到湖面上，晨雾似乎在向湖水、树木、大地做依依不舍的告别，慢慢离去，无声无息地逐渐消失，如梦如幻"。在《大马坑之恋》中，作家写道：大马坑（Tamagen）村，在缅甸北部山区，这个名不见经传的小村，人口不过千余人，山清水秀，没有公路没有电，对外交通只有牛车，只有小土路，可以走电单车；二十世纪末，人们开始认识大马坑，因这一带"出产玉石，只有小块的翡翠，大块翡翠少之又少。主要盛产红黄皮玉石，也不是大块的，在一块玉石的表面有红色、黄色等几种色彩，可雕刻成上好的玉器摆件"。奇异的风光、独特的物产被描写得淋漓尽致，令人心醉神迷。

浓郁的异域风情。缅甸和泰国相邻，生活于泰缅边地的人有很多，有做红黄皮玉石生意的人，有反政府的游击队，也有定居开店铺的人，当佣人的人。《浪漫禁区的情愫》中所提到的默德窝镇，那里的商人有两种：克伦人和华人，"华人以讲缅甸语、华语为主，会说克伦语的华人寥寥无几。克伦族人则讲克伦语和缅甸语，缅语往往讲得不流利，有些克伦人甚至不会说缅甸语。而缅甸语是默德窝镇两种商人之间的沟通语言。缅甸最大的巴玛族、还有孟（Mon）族、若开（Rakhine）族、钦（Chin）族等多个民族肤色略黑，从肤色上就可以分辨出是不是华人，克伦族则不同，从外表上看，肤色与华人无异"。在《大马坑之恋》中对奥密伦的描写让我们了解了缅甸男人的打扮习俗："古都曼德勒市的一名缅甸语文老师，年近六十，生活在缅甸佛教、佛经、和尚、灿烂的古典文化之中，没离开过缅甸，一生也只穿缅甸的传统服饰，上身男性短领衬衣，下身是传统的男性纱龙，节日就加穿一件缅式无领浅黄外套。"紧跟着的一句"奥密伦不接受西方的任何观念，包括西装西裤"，更让我们对那里的人有了一个更细更深的了解。作家笔下的边地不仅是一个多民族大融合的世界，而且还是法律的边缘地段，是通缉犯、罪犯等牛鬼蛇神的最佳避难所，居住在这里的人们"龙蛇混杂，事不关己，以不过问为上"（《大马坑之恋》）。当然，更多的时候是有惊无险，"童雅伦到了院子，就见到隔壁邻居的泰国老头，正在月光下，一副悠闲的笑容，手中拿着一个面盆在敲打。见到童雅伦，有礼貌地用手指一下天上的月亮，童雅伦抬头望望天空，看到一轮有点阴影的月亮，原来是月蚀，枪声、锣声等是在赶天狗"（《浪漫禁区的情愫》）。这样的生存环境，一方面点染出生活的交融性、复杂性，另一方面又透露出一种对生活宽容、平和的态度。

方言土语的杂糅。除了边地自然景色、异域风情的描写，方言的使用也是许均铨作品的一大特点。方言是文化的活化石，作为地方文化的一种，它是民族文化的有机组成部分，包容性越多越能显示出其魅力。《浪漫禁区的情愫》中的"仰光是个好地方！仰（缅语：仇恨、矛盾）光（缅语:消失）掉了，可我们这里呢？仰没光"，巧妙运用缅语词语的拆分表达人物的情绪情感。《大马坑之恋》中的"羊（心情）不好就养牛"，因为缅语"心情"与"羊"字同音。《智仔的西施情结》中的"你老窦已被你气得吐血""智仔！你咁英俊"，粤语方言区的人称自己的父亲为"老窦"，"咁"是"这么，这样"的意思，粤语是澳门的通用语言。这些方言的运用，无不洋溢着浓郁的地方文化气息，散发着浓浓的他国异地情调。

边缘人物

边缘情境是指人的一种存在状态，这一概念源于德国存在主义思想家卡尔·雅斯贝尔斯，指"由于某种严重的变故，比如亲人死亡、家庭破裂、身患绝症、面临生死关头、精神分裂、犯罪或堕落等，个体与他人、与社会之间的对话关系出现断裂，个人置身于日常的生存秩序之外"。[1] 处于这种情境中的人自然就是边缘人物了。故库尔特·勒温认为："'边缘人'（marginal man）是对两个社会群体的参与都不完全，处于群体之间的人。"[2] 对民族边缘人、地域边缘人、社会边缘人的倾情关怀是许均铨这几篇作品的一大特点。

---

[1] [美]彼得·贝格尔：《神圣的帷幕：宗教社会学理论要素》，高师宁译，上海：上海人民出版社1991年版，第51页。

[2] 库尔特·勒温：《拓扑心理学原理》，北京：商务印书馆2003年版，第181页。

从个别形象来看，许均铨笔下的边缘人物各有不同，如《智仔的西施情结》中的"洋服西施"莲姐、《父亲的爱情故事》中的"父亲"、《混血儿阿林》中的阿林。以"洋服西施"莲姐为例，当时的缅甸华人社会，女性外出工作尤其在服务行业的就业率较低。在仰光的广东大街饮食行业中，有好事的顾客给一些女侍应冠上美称：绿豆西施、凉粉西施、炒饭西施、咖喱西施等。莲姐就是其中少量的为了家计出来工作的一位，既不漂亮，也不富有，还比爱慕她的异性大一轮，是一位城市底层的边缘小市民。有情人的终成眷属的结局设计饱含了作家对底层人物的同情悲悯。《混血儿阿林》中的阿林是一名中缅混血儿，在中国，同学将流行歌曲改成唱他的歌曲"贡山住着一个外国人，他的名字叫阿林"。在缅甸，他时常以缅甸人自居，只认缅甸为祖国，要娶缅甸女为妻，人生理想却是"我以后会让孩子学习中文"。也许，阿林自己都没有感觉到难以归类的尴尬处境即在华人圈里（中国大陆和中国澳门）被当作外国人而自己也愿意是缅人，在缅人圈里（缅甸）时常以自己会汉语为荣，更未意识到自己是一位被主流政治历史话语排斥的人。但透过"恋人已结婚，新郎不是我"的小说结尾，倾注了作家对"民族边缘人"的关怀和观照，肯定了边缘人阿林对生存和爱情权利的追求。

从人物群像来看，许均铨在《浪漫禁区的情愫》中挖掘出了无论是政治还是文化都相对独立的一个族群即国都勒人，"默德窝镇由克伦游击队占领，他们自称为国都勒。有学者说'国都勒'就是国大理，也就是大理国。克伦族是缅甸境内最后迁徙的民族，据说十三世纪，元军攻下云南的大理国时，有一部分大理国民逃避元军追杀，离开家园，长途跋涉进入缅甸，成了缅甸的克伦族。因为克伦族过去没有文字，以口述留下的历史，所以这一切只是在学者的研究中"，最重要的是，"中国古代的部分礼仪，如活化石般在这里完整地保留下来，英国殖民主义者在百年前又传下法律鞭刑这么一条，这里成了一个特殊的地方：浪漫禁区"。这里的人"禁止重婚，婚前越轨，还可以选择结婚，婚后越轨，只有挨打。这法律虽然野蛮，在维护家庭完整上，有一定的阻遏作用"。值得庆幸的是，这一族群虽然站在两种社会和文化的边缘，却也活得充实有信仰。

宗教情怀

　　洪治纲说："作家是严肃的精神劳作者，他时刻都必须面对精神说话……对人的精神内涵进行挖掘，对人类的存在境遇进行追问和反思。这是作家存在的全部价值和意义。"①2011年，许均铨在接受采访时曾坦言，自己出生在社会底层，"深知平民生活的艰难与无奈，尤其是将全部精力集中在糊口之中的一族，遇到困难时，往往求助无门"。写作的目的，为的是让社会知道"平民的爱，平民的真，平民的泪，平民的无奈""平民很多时候不完美，有这样那样的缺点，但他们自食其力，我本身就是弱者，同情弱者天经地义，我的悲悯情怀的人文精神也就很自然产生"。②正是在这种宗教情怀的观照之下，许均铨关注底层人物乃至边缘人的生存状态，关注真实的生命。

　　诗性和诗化是许均铨作品浪漫精神得以超拔的手段。《智仔的西施情结》中智仔为比自己大一轮的莲姐苦守十七年，当别人用异样的眼光看他的时候，智仔反问众人："这世上的爱是多种多样的，爱情有公式吗？爱情有定律吗？"他反复强调："爱是一种感受""我喜欢莲姐，只是一种感受。我等她。"智仔的振振有词其实是浪漫主义者对平庸固守者的反问诉责。《父亲的爱情故事》通过一个尘封的盒子里的几张女性的照片揭开了父亲罗曼史：初恋情人病逝，未婚妻带着他给的订婚戒指与人私奔，妻子生下女儿后离家出走。多年以后，"父亲""平静，慢慢地述说，好像在讲别人的故事"，唯一担心的只是私奔者的路上是否平安，重组家庭的是否幸福，诚如作品所言，以德报怨"也不过如此"。读完作品，我们感受不到悲伤，重揭伤痕之后的父亲迅速入睡以及房间传出的雷般鼾声意味着漫长的岁月早已疗愈了他的伤口，虽然当时伤得那么深。那种随遇而安的生活态度、强烈的生存欲望、顽强的生存意志，给予了我们勇往直前的力量。

　　平静与幽默是许均铨作品悲悯精神得以超拔的方法。《大马坑之恋》中的奥密伦从一名退休教师转成一名商人，从不接受西方思想的他破例地穿上了一条西裤，动机源于爱情，"她如果也穿纱龙（筒裙），我就不会改变自己的服饰""我穿上西裤，就是为了先有共同服饰，接着就会有共同语言了"。他的爱情理想是，如果我得到她的爱，"可以教她的孩子，以后也是我的孩子，

　　① 洪治纲：《先锋文学聚焦之一——先锋的精神高度》，《小说评论》2001年第1期。
　　② 陈勇：《小说就在生活中——许均铨访谈录》，《澳门文艺》，2011年第1期。http://www.chinawriter.com.cn 2011年03月28日14:10。

教他们缅甸文学、缅甸历史、缅甸礼教，甚至缅甸古典文学"。他的爱情结局是："穿西裤，对我来说是做出巨大牺牲，可她对我的西裤没反应，真的是只谈生意不谈情。"他的自我检讨是："我认为自己的甜言蜜语连泥人都可以打动，对她却是对牛弹琴，泥人比她强。一定是她的文化水平太低了，她日常生活中讲克钦语多，对于缅语的精华，她理解不了。"一个长期受文学浸染，突然深陷情潭中的老年男人，仿佛唐·吉诃德一般，在一个相对半闭塞的地方梅花二度，做出了种种与年龄、身份、职业相悖，令人匪夷所思的行径。他对爱情的想象与渴望，四处碰壁之后仍坚信自己找到真爱的愚蠢，表现出了底层人生活的平淡寂寞、百无聊赖，确实令人喷饭；但换一个角度而言，这种执著天真与一往情深不也有很多令我们感动的地方吗？

　　边缘人、底层人平凡而又异类的爱情，显示出许均铨对生命和人性的探询，对苦难和幸福的不逃避。作家对边缘人、边缘族群生存地位的理解，以一种明月照千山潺潺流水的平和来表现，这无疑是一个非常好的开始，一种极有诗意的探索。但如果情节更加紧凑一些、故事更加紧张一些、挖掘力度更大一些，那么对这一类人以及他们生存的揭示反思，会给人们更多的诗性的生命感受，更有利于人性的回归。

作家简介：

许均铨，男，中国澳门居民，1952年12月31日出生于缅甸仰光市，祖籍广东台山。著作有：《澳门许均铨微型小说选》；小小说集《一份公证书》；微型小说集《西蒙的故事》；主编《亚细安现代华文文学作品选·缅甸卷》；主编《缅华文学作品选》2015年春第一期；合编着《缅甸佛国之旅》《归侨在澳门》；合编《缅甸华文文学作品选》；参加编辑《缅华散文集》《缅华诗韵》等。《驿站的岁月》获"第八届澳门文学奖"散文优秀奖。

许均铨的小说世界

宋 坚

    许均铨的微型小说，给读者打开了一个神秘而有趣的世界，细细品之，有一种"乱花渐欲迷人眼"的迷离之感。它会使你觉得，原来小说的世界可以如此纷呈多彩，原来小说的阅读可以让人如此着迷，就像享受一场丰盛的精神盛宴。

    许均铨原来是缅甸籍华人，出生于缅甸当时的首府仰光，12 岁的时候随母亲回国，在云南定居求学。不久却碰上了"文化大革命"，求学不成，在华侨农场辗转生活了 19 年之后，终于在 1983 年移居中国澳门定居。由于长期以来生活在社会的底层，作者对平民和弱者有着天然的悲悯情怀，这在他的微型小说中得到印证。那回荡着的忧伤的旋律，似一股淡淡的愁云轻抹山头，通过他那行云流水般的叙述之笔娓娓道来，让普通老百姓居家过日子的生活如小桥流水般静静地流淌，诉说着对生活无怨无悔的辛酸企盼和顺天应命的人生追求。此外，他的小说还有一道别致的风景：那就是以至情至性之笔，叙述了普通人或浪漫、或苦涩、或充满喜剧色彩的爱情故事。本文所要赏析的，正好是他所写的那些充满奇趣、有着异国情调的爱情故事。

一、风情迥异的浪漫爱情故事

    许均铨是一个性情温和、富有情趣而不失浪漫情怀的微型小说家。由于他生活过的地域环境跨越于东南亚各国和中国之间，见多识广，所以他笔下的爱情故事富有异国情调和东南亚各民族的独特风味，读起来饶有趣味，让人叹为惊奇！

    他创作的发生在缅甸与泰国之间的爱情故事《浪漫禁区的情愫》可谓是浪漫爱情经典。故事发生的背景是泰国的 M 镇，主人公童雅伦是一个从缅甸仰光来到泰国 M 镇替二哥打理生意的青年男子，如果不是夜晚发生的那场骚乱，童雅伦青春朦胧的爱情之梦也许还不会苏醒。泰国克伦族姑娘挪丹丹温芳龄二十，负责帮助童雅伦家里打理清洁、卫生等家务工作。在一个月明之夜，半裸的挪丹丹温从浴室冲了出来，与童雅伦撞个满怀，从此在童雅伦的心里悄悄地种下了情根。但作者的高明之处，就是没有让故事马上发展下去，而是轻描一笔荡开去，留下一个大大的悬念让读者去想象，因为童雅伦马上有事离开泰国一段时间回到缅甸办事。这一路上的情节充满了异国情调和浪漫传奇的色彩，只见缅泰边境出现了一个神奇美丽、如梦幻般的湖泊："一个宁静的湖泊，湖面长着一大片红莲、白莲、紫莲，在晨雾的朦胧中，或高或低，或近或远，或大或小，各自摆出优美的姿态。"童雅伦惊诧于大自然的美丽，思绪进入了如梦似幻的神话世界之中。他似乎走进了一个暗影浮动的森林深处，只见美丽的湖泊碧绿澄澈，水中游鱼可见，湖中并蒂莲盛开，湖中有七位美丽可爱的小仙女在戏水，被打猎迷路的王子闯入……这是这篇爱情小说最为动人的情景描写，渲染了小说的情景氛围和主人公的自由联想，为主人公后来的爱情萌动和情节发展埋下了伏笔。

一路前行的童雅伦和向导在森林途中遇到了传说中的克伦族反政府游击队。好在有惊无险，却因路遇浪漫的湖边和梦见沐浴的仙女而让童雅伦想起了年轻的挪丹丹温。可大哥一再警告他，不准爱上克伦族女人，一旦惹上便会招致严厉的惩罚，因为这里是一个极其野蛮的"浪漫禁区"。故事就此进入了曲折离奇的爱情传奇之中。虚惊一场的童雅伦不久又回到了泰国，见到了日夜思念的挪丹丹温，两颗年轻的心碰在一起，激起爱的浪花。俩人终于冲破了层层樊篱，慢慢地走在一起，共同编织温馨美好的梦想，在一个拒绝爱情的"浪漫禁区"，在异国他乡创造了一个浪漫的奇迹，演绎了"有情人终成眷属"的浪漫故事。

另一篇小说《智仔的西施情结》也极富浪漫传奇色彩。故事发生在缅甸仰光，英俊潇洒的智仔爱上了一个比自己大12岁的"洋服西施"莲姐。奇葩的是，智仔发生"姐弟恋"的对象是一个已有家室的有夫之妇。多少人为智仔惋惜、叹气，可智仔直到移居中国台湾后"西施情结"依然不变，所以别人送给他"情圣""情痴""情疯子"等绰号，朋友阿荣为此多次规劝他"悬崖勒马"，家人为此和他断了关系。智仔为此苦等了17年，一直等到莲姐的丈夫过世后，他俩终于修成正果，在中国台湾结为伉俪，这叫有情人终成眷属，智仔和莲姐不仅成了家，还有自己的孩子。这个传奇的爱情故事着实叫人慨叹唏嘘！

二、苦涩的爱情故事

反映归国华侨或者东南亚侨胞在爱情、生活方面的悲欢离合和人生的酸甜苦辣，可以说是许均铨的拿手好戏。作家是一个讲故事的高手，一些平凡的普通人的生活故事，经过他的精心安排和巧于布局而显得曲径通幽、引人入胜。《父亲的爱情故事》一波三折，悬念丛生，人物性格也刻画得入木三分。从"我"对父亲的女友相片翻阅中，父亲的陈年往事被一页页地翻晒出来，其中的悲欢离合、人生际遇，叙说了父亲颠沛流离的艰难生活。许多人生的无奈和失望，都从父亲对个人爱情遭遇的感慨中解出三昧："这世界上最难求的是'爱情'，爱情可遇不可求。结婚了并不一定代表就有爱情，这世界上懂得爱情者不多，拥有的就更少。"经过数次的爱情波折，父亲终于遇到了"我"的母亲方小梅，但事实上这分明是一次短暂而伤心的经历。在"我"一岁时，母亲狠心地抛弃了父女远嫁他乡，从此父女俩相依为命。父亲——一个感情屡受创伤的老男人，"我"为了不让他的内心继续流血，只好停止对母亲后来去向的追问。窥一斑而观全豹，这篇小说反映了东南亚华侨多少的情感悲酸。

《混血儿阿林》是一个耐人寻味的爱情故事。中西混血儿阿林，"文化大革命"时期回过中国，唱过红歌，"文化大革命"后又回到缅甸，之后恋上了缅甸少女。可是，小说的结局却令人大跌眼镜，这出人意料的结局以阿林的来信来说明："……恋人已结婚，新郎不是我……"多少的辛酸都包含在无言的结局之中，给人留下无穷的余味。

三、滑稽的爱情闹剧

除了善于讲述缅甸华人悲欢离合的爱情故事之外，颇具幽默风格和喜剧色彩的，是许均铨所讲述的滑稽爱情闹剧，让人忍俊不禁。《大马坑之恋》正是作者的一篇力作，叙述风格熟练圆润。大马坑，缅北山区一个名不见经传的小山村，如果不是因为盛产玉石而出名，谁都不会涉足这个偏僻的穷旮旯儿，更不用说发生"爱情"风波，而且这故事还会发生在一个年近 60 的缅文老师身上。主人公奥密伦一退休，就摇身变成了一名玉石商人，来到了大马坑，一改平常一本正经的样子，变得滑稽可笑。原来，他居然恋上了半老徐娘姗姗温，成了大马坑有名的"大情圣"。每次见到姗姗温都让这老头失态，说："你看，你快看她的背影，那走路的姿势，是那么的轻盈，像少女。"真是情人眼里出西施，这个恋爱"王老五"居然想在曼德勒有一个家，在大马坑又组建一个家，过上他的人生"第二春"。可现实注定了这只是一个梦想，而且梦幻的泡沫最终以姗姗温的不予理会而破灭。这个滑稽的爱情闹剧，该是许多不慎误入"乱爱"丛林、游戏人生的"浪荡子"的梦醒时分了吧！

四、结　语

俗话说得好：爱情小天地，人生大舞台。缅甸籍华人作家许均铨在讲述东南亚华人或浪漫、或心酸、或滑稽的爱情闹剧时，总是对小说里的主人公表现出关爱与怜悯。由于有了对人物命运的悲悯关怀精神，一曲曲生动曲折的爱情乐章，经过许均铨的精彩演奏，变得美妙而动听，它成了反映缅甸华人海外生活真相的一面真实的镜子，让读者读后反复回味，品尝不一样的人生。

作者简介：

宋坚，男，广西钦州市人，钦州学院教授，广西高校人文重点研究基地"北部湾海洋文化研究中心"研究员，文艺理论与写作教研室主任，学院重点学科"文艺学"科负责人，"广西北部湾海洋文化团队"骨干成员。研究方向：生态文艺批评、区域文学研究。

亲情·友情·爱情

——莲心散文印象

陆 衡

莲心是一个多情的女人。人生所经历的许多事、许多人，想着去忘却的时候，都会在她的心上重新印刷一遍。那些走进她生命的情感，亲情也好，友情和爱情也好，没有时间的预约，没有固定的格式。莲心不愿它们被恣意挥霍，而是抓住了一个个充满爱的光辉的感人瞬间，于是便有了《足迹》的产生。自然，作品要告诉我们的，也不是什么经天纬地的大道理，而是以下人类情感作用的再次印证：人生一辈子，谁会为谁一生守候？若无人真心相伴，自然会觉得岁月苍茫，若有人守候有人真心相伴，岁月就是静好的、安稳的、暖暖的。

亲情："爱子心无尽，归家喜及辰"

研究证明，人在出生到三岁就开始有意识，从这个时候开始，周围所发生的事情都会隐藏在他的潜意识里。如果这段时间接受的是正面的信息，那么对他以后的成长会很顺利，如果是负面的消息，则会在一定程度上影响他以后的工作生活、人际交往。透过《忆童年——侧记我的家乡》，我们得知，莲心的童年虽然平淡无奇，却并不形影相吊。母亲的身影，无论是在自家那满地家禽摇步的简陋房舍，还是外面的旷野田畴、林间溪畔，都会与她合二为一。她永远忘不了母亲在踩水车上汗水淋漓的身影，忘不了母亲如何独自一人完成织草席的所有大小工序。每每想到这一切，她不仅以自己是母亲繁重劳动的唯一的"监工"兼"观众"感到满足，更为自己从小就有的孝心感到骄傲："小不点儿的我坐在水车旁，不会想别的，只想着，等我长大了，一定要站到水车上，把母亲换下来。"文章以具体的人物情态、事件场景来克服了概括性文字的空泛苍白，一个懂事、乖巧、孝顺的孩子形象活灵活现地跃然纸上。童年的记忆铭心刻骨隐藏在她心底，时时让她想到幸福快乐的童年时光，想到家人那深深密密的慈爱亲情。"树欲静而风不止，子欲养而亲不待"，随着年龄的增长，莲心和许许多多有孝心的孩子一样，一旦发现母亲头上的白发已渐长渐密，母亲的青春正被岁月无情地剥夺，便会涌起一种"无法言喻的心痛"。在《永远的慈母（一）》和《永远的慈母（二）》中，她指出，"儿女们偶尔一次懂事的分担，对母亲来说都是莫大的知足和安慰，而不期然的一份贴心的礼物，给母亲带来的亦是无比的幸福和满足"，并虔心祈祝天下母亲们"长寿安康，幸福吉祥"。在《牵着孩子的手》中，作家写道："你是爷爷奶奶，牵着孩子的手，你感受到的是天伦荣享、香火衍传；你是为人父母，牵着孩子的手，你感受到的是生命的厚重、责任与承担；你是兄姐，牵着弟妹的手，你感受到的是同根同种、手足相连；你是叔伯姑姨，牵着孩子的手，你感受到的是爱心、呵护与关怀。"的确，没有躬身实践，就没有对生活的深切体会；没有身处光明下，就不能看到一切的美好。对家庭而言，没有谁离不开谁，只有谁不珍惜谁。

人能走在一起，与其说是天注定，不如说是因为精神上的契合。默契度与归属感的稳固来源于彼此对生活的相同理解与态度。莲心是个崇尚亲情的人，她的好友自然也不例外。在《分享》一文中，莲心佩服叶大叔"不惧千里，南来寻亲"换来手足相聚的勇气，认可"犹记得少年骑竹马，转眼已是白头翁"的老人这一种完成未了心愿的行为。在亲情、友情、爱情的排序这一问题上，莲心和她的朋友们以亲情为首，友情为次。《为亲情让路》抒发了这样的一种情感：

一位住在异地，原来每天都会互发短信的死党好友，突然好几天音信全无，问了一下才知道，她妈妈身体抱恙又脚痛，她正忙着带妈妈寻医问药，忙着做乖乖女尽孝呢。

另一位朋友，也是异乡人，我们很投缘，偶尔会见面。有一天我发短信问她是不是在忙？她随即回电说，她正好在机场，要回家。我问她回去多久，她说要某日才回，算一下是一个礼拜多。我故意逗她说："回去那么多天，不担心我们会很想你吗？"她说："对不起啊，我妈妈比你们更想我。"

友情："响必应之与同声，道固从至于同类"

英国有句谚语："为朋友而死不难，难在找一个值得为之而死的朋友。"中国也坚信"恩德相结者，谓之知己；腹心相结者，谓之知心"（明·冯梦龙《警世通言》卷一）。好朋友就像一面镜子，照出你的长处与不足；好朋友是一个倾听者，安静地听你诉说，不管你说的是快乐还是痛苦；好朋友还是一根拐杖，会在你需要帮助但还没求助时出现在你面前；好朋友还是一盏明灯，在你觉得天昏地暗的时候照亮你前行的方向。《情到深处泪自流》《怀念"火锅"》《走过"世界末日"年》《乐聚天涯》《浪人心悟》《日记》《温情传递》《古语今读》《朋友的敬业心》《朋友的慈悲心》《飘雪季节游河北（一）》《飘雪季节游河北（二）》表达的都是这样的思想。

《怀念"火锅"》通过离别前一次火锅聚会的追述，在渲染了"大人小孩都得以填饱肚子作为第一要务，于是，一曲锅盆交响就热闹的演奏开来"的热烈气氛后，坦言火锅是冬季严寒天气里被广泛热捧的一种饮食方式，虽然也存在着某些健康隐忧，但它营造的气氛以及它带出的欢乐和温暖，却是令人垂涎与留恋的，原因很简单："火锅之于我们，热的是人心，煮的——是友情！——深深的怀念！！！"好一句"煮的是友情"，不仅在结构上起到了画龙点睛的作用，而且短促有力犹如豹尾，收到发人深省耐人寻味的艺术效果。在《温情传递》中，莲心指出，每逢佳节倍思亲的情感需要借助于某种方式的传送和表达，而网络科技书信、电话、短信、电邮、博客等的迅猛发展为这种方式的选择带来了多元和便捷。如果文章至此为止，也就是一种社会现象的描述，但有趣的是，作家把自己带进了这种活动："每次收到来自不同方式的问事或问候，我都是给予认真回复的。"在许多人抱怨阅读短信、原创短信、回复短信、删除短信是负担的今日，莲心坚信："这既是基本的礼仪，也是一种情感传递的互动与心灵交流的回应。""夫子言之，于我心有戚戚焉"，一个人不管有多忙，友情都是不能割舍的。原因很简单，好朋友不用天天联系，但绝不能失去联系。

爱情："长相思兮长相忆，短相思兮无穷极"

如果说，亲情是一种与生俱来的感情，拥有它需要的是你的坦然接受；友情是一种相谋同道的感情，维系它靠的是以真心换真心；爱情则是一种眉来眼去的感情，建立它靠的是一刹那的感觉，经营它靠的是永保爱心。爱情的玄，常令人想到宿命一词。平心而论，莲心不是那一种为爱情而生为爱情而死的人。透过她为数不多的作品，如《原来，你一直都在》《这个季节，枕梦更寒》《缘分·爱情（一）》《缘分·爱情（二）》，她应该是一位理性的女人，她所认同的爱情是让双方都变得更好，而不是让哪一方迷失自我。

在《原来，你一直都在》中，莲心回忆了一段美好的往事，那是一段朦胧之爱：

同一个方向，比你远十分钟车程的距离，往返学校的途中我们经常不期而遇。我习惯和我同桌又同村的她在一起，你也习惯和你同村又相近的她们在一起。每次相遇，如果走在前头的是我们，我不自在的慌张常会迫使我使出吃奶的力气，把自行车踩得飞快去逃出你们的视线。这个诡怪反常的举动常会把同桌的她搞得难解莫名，又不得不跟着我疯飙。而如果走在前头的是你们，我的不自在不会迫使我去超车，而是把车踩成慢速，远远地跟在你们身后，直到目的地到达。三年的初中生涯，我们并没有说过多少话，而是一直保持着一定的距离。可是，我们心照不宣，彼此都渴望能互相接近，却又相互的敬而远之。

少不经事的爱情，常常表现为一种心动。心动的原因是外在的缘起引起了内在的感觉与欲望。这种呼应一旦建立起来，那么每一次的见面都会让彼此拥有幸福和快乐、兴奋，甚至像渴望呼吸清新的空气一样无法自拔。所谓的爱情，从来都是刻骨铭心，不可能只存在于很短的时间内。所以，几十年后，这个千百度寻过的人仍"将清寂地立于灯火阑珊处"。每当笔者读到这里，总会不自觉地点个赞：是的，人会记住美好，哪怕美好发生在很久以前。因为，人不会自愿远离自己的幸福，能远离的都不是幸福。

《缘分·爱情（一）》的写作缘于朋友间的一次相聚畅谈。在大多数人坚信爱情是一种命中注定的缘分时候，莲心补充了"爱情需要呵护，婚姻需要经营"的观点，诚愿所有已婚的朋友，"不管婚姻结合的过程如何，其结果都是幸福的"。作家的善良与智慧溢于言表。《缘分·爱情（二）》讲述了一对相濡以沫的夫妇的故事，对逆境中坚忍不屈、为家带来安定和温暖的女主人和为家挡风遮雨扬帆掌舵用行动和务实担负起生命的职责与承担的男主人赞不绝口。阅后令人感慨，对爱情而言，惜缘与缘分一样重要。

无论是亲情，还是友情、爱情，其实都是人生存当中不可或缺的精神家园。曾有论者指出：印华女作家的文学特征之一是"女性对精神之家的背离和对婚姻之家的自觉维护和归依"①。在莲心身上，我们看到的更多的是后者即对美好情感的渴望与呼唤，是对亲人、朋友与家庭的全神贯注。作为一种柔韧坚强的生活姿态，拥有者每每会被眼前一些细碎的美好感动，一辈子保留纯洁与简单。作为一个女人而言，足够了，但作为一位作家而言，则还显得有所欠缺。一位作家，不仅仅要盯着眼前的生活和情感，更需要注重外边的世界。什么时候莲心朝着更加广阔的天地前行，成为一个人在身边心在远方的人，她的作品就会超越亲情、家庭的界限，超越纯真，为我们呈现另一个更加开阔的世界。我们期待这一天的到来。

作家简介：

莲心，原名陈桂萍。秋天出生，多愁；见佛悟心，多情；贴近生活，守拙抱朴；身无长物，但具真诚。祖籍福建南安，2003 年移居雅加达。不擅笔耕，仅喜欢业余涂鸦，积极参与印华文学活动，习作大都发表于本地报刊和各地期刊。曾在本地散文，短篇小说等创作比赛中获奖。出版过个人诗集《那朵轻飘而过的云》和个人文集《足迹》。

---

① 吴新桐：《印尼华人女作家的写作选择与叙述风格》，暨南大学硕士学位论文，2003 年 6 月，第 3 页。

流水行云显众美

——浅谈林新仪作品之美

韦妙才

在这次世界华文作品研讨会上，柬埔寨华人林新仪先生奉献给我们的作品有：叙事散文《相逢金秋》和《小巷深深》；散文诗《故乡的榕树》和《旅途遐思》；微小说《一皮囊水》《影响力》《让领导先走》和《龟兔再赛》等。胡适在其文章《什么叫文学》指出："文学有三个要件：第一要明白清楚，第二要有力动人，第三要美。"[1] 以胡适这一文学观去观照林新仪作品，不仅具备了前两个"要件"，也具备了第三个"要件"：美。具体言之，林先生的叙事散文具有事真之美、情真之美、细节之美、克制之美和流畅之美；散文诗有意境之美、精炼之美；微小说有精微之美、暧昧之美、惊奇之美。总之，他的作品写得流水行云，众美具备，给我们不一般的阅读感受。

一、叙事散文之美

（一）事真之美

叙写真人真事，是散文的显著特征。它有别于小说，不能虚构。

我国古代文论家刘勰说：写作要做到"事信而不诞"。[2] 所谓"事信而不诞"，即是"叙事真实，不荒诞"。

我国当代散文批评家谢有顺说："散文作为一种自由主义的文体，是最做不得假，最能照见写作者容貌和心思的。"[3]

林新仪先生的叙事散文写得很"真"，叙述的内容包括人物、事件都是"不

---

① 胡适：《胡适文存》，北京：华文出版社 2013 年版，第 147 页。
② 詹锳：《文心雕龙义证》，上海：上海古籍出版社 1989 年版，第 83 页。
③ 谢有顺：《散文的常道》，广州：广东人民出版社 2014 年版，第 2 页。

诞"的，是"真实"的，照见了他的"容貌和心思"。正如一道漓江风景，真实、自然而美丽，吸引着四方远近的游客，纷至沓来。

《相逢金秋》，以四千余字的篇幅，描述了前端华中学第11届专修班的同学毕业四十年后，从美国、加拿大、法国、澳洲、新西兰等地飞到北京相聚的事件。作者以朴实的笔调，叙述了相聚时的情景，表达了真挚的同窗之情。尤其是相聚时的细节和在公交车上的所见，更是以照相式的写作方法，一一实录，给人毫无矫饰和造假之感。

林新仪的另一篇散文《小巷深深》也是写得"事信而不诞"。请看：

街道窄小，而且不直，经常变向，但很干净；绿化树挺粗的，树荫覆盖，凉爽宜人；两旁的建筑物都不高大，四五层的住宅楼居多；沿街的店铺小而密，各式各样的生意大都为常驻居民而设计，价格廉宜，种类齐全。

这段文字，毫不夸饰，绝无渲染，真实地展现了南方繁华都市广州另一种"街道"的原始面貌。

巷，虽然只有入口没有出口，却往往与另一条巷相遇，拐一个弯，又是另一番景致；巷和巷不断相遇又不断交叉、交汇，便创造出一种完全不同于外部喧嚣世界的别样天地。

小巷的深度和气韵，待溜达过几天之后才慢慢品咂出来，独特、隽永。每一条小巷都不长，且方向飘忽，但是当许多小巷相互贯通、穿插、交融，构成一个群落，你中有我，我中有你时，走着走着，便迷茫了，找不着东西南北，只觉得深不可测，不禁肃然，继而释然、悦然、悠然，于是就融化其中。

这两段叙述，毫无夸张，更不虚构，展现了广州"小巷"的真实面貌。

张爱玲说过：散文是读者的邻居。因而，你写的东西他们都很熟悉，如果你写的是假的，他们肯定知道。所以，"散文是做不了假的。"（谢有顺）

总之，林新仪先生的散文，"事信而不诞"，就好像向邻居述说着柴米油盐，自然、真实、亲切，给人一种事真之美。

（二）情真之美

事真才能情真，情真才能感人。林新仪先生的散文不仅具有事真之美，还具有情真之美。读他的散文，常常被他在字里行间流露出来的真情深深打动。

刘勰在《文心雕龙》中又说："情深而不诡。"[①]这是说，抒发感情要深

---

① 詹锳：《文心雕龙义证》，上海：上海古籍出版社1989年版，第83页。

挚，不诡诈，不虚假。

中国当代著名作家贾平凹说：如果"连情都是假的，那还有什么散文"！[1]谢有顺也说："散文是一种非常特别、非常暧昧的文体，它的起点是非常真实的自我的流露。离开这个，散文的写作恐怕是可疑的。"[2]"散文是作家最真情的自我流露。"[3]"真正的好散文它不是写出来的，而是作家从内心流露出来的，一种很自然的流露。如果散文失去了自然，失去了随意、散漫的品格，那就不是好散文了。"[4]

散文忌无情，但更忌矫情、虚情。散文的抒情确实应该是"作家从内心流露出来的，一种很自然的流露"。唯有自然才是真的，正如一个小孩哭泣时的眼泪，而绝非演员的眼泪。

林新仪的散文之所以打动人，感染人，我觉得这应该与他感情在文中自然而真实的流露有关。

比如，《相逢金秋》，当作者看到"秀色可餐"的"上班蚁族"在公交车上吃早餐、听MP3、打游戏，目睹她们无忧无虑的样子时，这样写道：

她们都是些二十郎当岁的年轻姑娘，青春活力盎然，正是生命最灿烂夺目的阶段。"少女情怀总是诗"啊。想想四十年前的我们，不也是这个样子吗？意气风发、生机蓬勃，如今，只能"想当年"如何如何了。青春不再了，羡慕年轻人的生命状态，更多的是一种欣赏。

对年轻的赞叹、对逝去时光的感叹和对生命之美的礼赞之情，流露得十分真挚、自然。确乎真情，绝无矫情。

又如《小巷深深》：

清晨刚下过一场小小春雨，清凉直透胸臆，润而不腻；我深深吸一口略带潮湿的空气，心情顿时爽朗——这就是南国的韵味，我极熟悉的，但已久违。

破折号后面简单的一句，把对小巷的怀恋之情，抒发得极为自然，因为，这份情是从作者心底深处流露出来的。

（三）细节之美

谢有顺在跟贾平凹进行关于散文的对话时，这样评价贾平凹的散文："散文篇幅短小精悍，如果语言个性不突出，如果记录事物、表达事物的方式缺乏创造性，对细节也没有独特的把握能力，要写好是非常困难的。您的散文

---

①② 谢有顺：《散文的常道》，广州：广东人民出版社 2014 年版，第 7 页。
③④ 谢有顺：《散文的常道》，广州：广东人民出版社 2014 年版，第 3 页。

从一开始就有意回避了当代散文中抒情的陷阱，非常注重细节，非常注重散文的叙事性，而不愿意在抒情上过多地发空洞的感叹。这算得上是散文的一种革新吧。"①

在某种程度上，散文是靠细节取胜的。没有细节的真，就没有散文的美。一篇好的叙事散文，作者总是紧紧把握住人物或事件的细节加以描述，从而表现一定的思想内容。我认为林新仪先生在这方面是很下了工夫的。先看《相逢金秋》。为了表现同窗间的深厚情谊，作者抓住了四十年前的几个"节点"（细节）加以涂染：

节点之一：磅针人许怀娇引领我回到童年的磅针，那些人那些事那些情。一片笑声中我发现她又当了一回我的小组长。

节点之二：少女时代的韩美容人如其名，是个圆脸的漂亮姑娘。当年，我父亲喜欢在星期日携妻儿到她家开的餐馆去吃咖喱牛腩，美味至今难忘。

节点之三：磅大叻人史秋喜让我忽然回想起当年曾有过一个寒冷的季节，我去到他们海南人聚居的磅大叻，谢惠忠、颜荣先、才良等几个生猛男生深夜拎着大木棒，带着我到大街上去打流浪狗，瞅准一只模样健康的，趁其不备一棒抢下去……接下来就是一锅热辣辣的咖喱炖狗肉，每个人都吃得满嘴流油满头大汗。第二天一觉醒来，走在马路上，立即被群犬围着，远远地狂吠不止。

节点之四：当年寄宿在我家的四个女生郭连燕、江妙强、黄慧芳（还缺了一个郑梅英，她至今还生活在暹粒老家，当导游），纷纷向我开炮、要"账"，说我从来不跟她们说话，傲慢得很；我尴尬地解释说，因为你们都长得那么漂亮，害得我都不敢正眼看你们，哪里还有勇气和你们说话……

人们常说，细节决定成败。我认为，做事为人如此，写作散文也是如此。正是我们读到了这些蒙太奇般的细节，才被林先生从心底流露出来的同窗真情所感染，才引起了心灵上的共鸣。

再看《小巷深深》，林先生是怎样紧紧抓住细节来表现小巷之美的：

这里，你看不到北方嘈杂喧闹的麻将桌，更没有扎推儿穷侃争得面红耳赤，只见安详的微笑，宁静的表情，即使说话也是悄悄声；推着自行车贩卖水果的村姑也不大声吆喝，静静地在一角落里候着，与一个老阿婆有一搭没一搭聊开家常。偶见几家洞开的门户，插着一道道圆木横杠，一个广府婶坐在门口的小板凳上择菜；门内，一娇嫩稚童扶着油光铮亮的圆木横杠，睁大

① 谢有顺：《散文的常道》，广州：广东人民出版社2014年版，第1页。

眼睛好奇地张望，或牙牙学语或粲然憨笑。

站在跟前欣赏它们的风采，忽觉头上下起霏霏细雨。举目一看，原来是二楼阳台一位老大姐正在用一只带莲蓬头的水壶给她的花盆浇水，她探出脸来，笑眯眯的，用广州白话说："不好意思啊。这个是清水来的。"我听得懂，报以一笑，说："没关系啦。"

这些细节，实实在在，读着虽没有产生心灵上的强烈震撼，但却像碧天夜空里的星星，耀眼夺目，凸显了小巷人家那种"质朴温厚，与世无争，怡然自得"的生态之美。

（四）克制之美

世间万事万物，适当是美，过犹不美。所谓"增之一分则太长，减之一分则太短"（《登徒子好色赋》）。散文的抒情也是如此，要适当。要适当，就要节制，不能放纵，不能任性。

中国当代著名的散文评论家谢有顺说过："为什么觉得散文在抒情上过于放纵对散文会是一种危害？因为散文在情感上是必须克制的。在情感上不克制的散文，是滥情的散文，散文一滥情，就没法读了。散文里头，作者的情感越克制，它传达出来的情感力量就越大。"[1]

如果你去阅读林新仪的《相逢金秋》和《小巷深深》，你就会发觉它们具有抒情的"克制美"。

一般地，同学相聚尤其是阔别后的相聚，会有很多感慨，阔别多年而故地重游呢，也会有诸多感怀。林先生与自己的同学相聚和回到刻有少年足迹的广州小巷，无疑是感慨万端。但他在文章中并没有过多的抒情，而是尽量克制。如《相逢金秋》：

（1）跨进东方饭店的第一步，就见到了阔别37年的陈玉蝶（我更喜欢用我的小说中的一个人物姓名来称呼她，我希望她像玉色蝴蝶一样永远美丽），百感交集却又出奇的平淡，没有激动的拥抱，只有礼貌的握手，当两眼发热湿润之时，房门敲响了……

（2）这次聚首北京，让我始料不及的是内心经历了一场猛烈的情感风暴，几乎到了不能自持的地步。我自以为很坚强、很磊落，完全可以坦然面对一切，但是，当我终于面对这一切时，我才发现心灵竟是那么脆弱。只因为当年爱得太深了，至今仍无法解脱……于是，我断然决定尽快离去。

---

[1] 谢有顺：《散文的常道》，广州：广东人民出版社2014年版，第7页。

因东方饭店客房全满，当晚我被临时安排在离他们不远的前门饭店暂住一夜。第三天清晨，我天不亮就起床了，匆匆整顿行装，匆匆退房，然后悄悄踏上回家的路。

（3）迷蒙阴冷的晨雾，寂静无人的街道，我踽踽独行。背在后背的沉重背包，里头装满了她捎来的异国风味，说是让我夜晚写作时当点心吃的。我走过东方饭店时，里头很安静但灯火辉煌，我不敢再让脚步蹒跚。明明知道人生不可能从头再来，只好义无反顾了。

这些描述，没有泪水，没有悲伤，但却像波涛汹涌的黄河壶口瀑布，冲刷着读者感情的堤坝，让人无法自抑。或许，林先生深深知道，在"散文里头，作者的情感越克制，它传达出来的情感力量就越大"的道理。

我们再来看他的另一篇散文《小巷深深》：

"谢谢。"我笑笑，辞别会做生意的摊主，辞别芬芳了百年的金桂树。但愿，我还能来。我想。

"但愿，我还能来。我想。"两句简单的叙述，却把心中对小巷的强烈不舍之情克制了！虽看似"克制"，却哪里是"克制"？简直是"此时无声胜有声"了！

这就是林新仪先生散文的克制之美。

（五）流畅之美

语言是形式，是一切文学作品的重要载体。没有语言，一切文学作品便无法展现，无法阅读。

贾平凹说："不管你写小说还是写散文，语言是第一的，就像一个人一样，别人能对你一见钟情，首先是你的形象呀。文学就是语言的艺术。"[1]

雨果说：散文、诗歌等"一切形式都不过是盛着思想的花盘"。[2]

英国亨利·哈夫洛克·埃利斯在《两种风格》中说过："看来这世上就存在着两种各趋一端和相互对立的不同的写作风格：那行云流水般的液体性风格与浇铸镌刻般的金石质风格。"他列举了两种语言以说明这两种写作风格，一种是希腊语："是那种能疾走能高飞的流利语言的化身，是其使用的民族不能不把那带翼的双脚赠予其艺术之神的那样一种语言。"另一种是拉丁语："是那种更厚重更圣洁的语言的化身，这种语言总是要百般锤炼，反复琢磨，以

---

① 谢有顺：《散文的常道》，广州：广东人民出版社 2014 年版，第 2 页。
② 谢有顺：《散文的常道》，广州：广东人民出版社 2013 年版，第 165 页。

期达到其完美的型范。"①

你读林新仪的散文便觉得其语言具有一种流水行云般的流畅之美,没有任何的障碍,没有滞涩之感。如《相逢金秋》:

一个人的一生,就像一条曲线,起起伏伏弯弯曲曲。这条曲线上面散布着许多节点,那是生活中一些让我们记忆深刻的事件。有些节点始终很清晰,它们是让你一辈子都忘不掉的事情,或大或小或喜或悲,皆刻骨铭心,几十年的光阴流逝都无法将它们磨损,直到生命老终,都能历历在目,清晰得就像发生在昨天,随后你会把它们带入天国;而有些节点却时隐时现,模糊不清,平时你不会发现它们,只有当你与某个人久别重逢,或聊天聊到兴高采烈时,就会突然出现一道闪光,将那些隐藏着的节点倏地照亮,让你兴奋或让你伤感,回味无穷;而那些没有节点的线段,就会永远沉没在浩瀚的脑海里不会再浮现,因为它们没有浮现的价值了。

林先生的另一篇散文的语言,同样也是运用了液体语言。读者诸君,如果你想要领略他作品那流水行云般的语言之美,请把眼光投向《小巷深深》。

二、散文诗之美

散文诗是一种既有散文特征又有诗歌特征的文学体裁。既不是纯粹的诗,也不是纯粹的散文,是两者兼而有之的"杂交"式文体。在世界文学长廊中,印度的泰戈尔写过这种散文诗,《新月集》和《飞鸟集》便是他的作品;而美籍黎巴嫩阿拉伯诗人纪伯伦也写过,并且出版了三本散文诗集——《沙与沫》《先知》《泪与笑》。俄国的伊凡·屠格涅夫也写了散文诗,智利的聂鲁达、尼加拉瓜的达里奥、阿根廷的博尔赫斯、墨西哥的帕斯等,都有散文诗问世。

此次华文研讨会,林新仪先生奉献给我们欣赏的散文诗有《故乡的榕树》和《旅途遐思》。

掩卷之余,我觉得林先生的这两篇散文诗有如下之美。

(一)意境之美

意境之美,是指林先生的散文诗具有较浓厚的诗歌韵味,读者通过联想和想象,获得审美愉悦。诗歌重要的是营构意境。在作品中,作者往往运用一定的表现技巧,对一定的自然景象进行勾勒,从而表现某种思想情感。

---

① 谢有顺:《散文的常道》,广州:广东人民出版社 2012 年版,第 40 页。

在《故乡的榕树》中，林新仪先生先是总写了故乡榕树的生长环境和总体状貌：

你，挺立在，烟波浩淼的东海之滨，默默无言，铺陈一片翠绿的生机，从一粒小小的"鸟屎籽"，顽强长成了参天大树；你，突兀在，圆溜光滑的巨岩之上，默默无言，伸展出万千条细小的根须，钻入磐石坚硬的心脏，安详地聆听着历史老人缓缓走过的脚步，在无始亦无终的时空隧道中，虔诚守护着这片热土。

而后又以娴熟之笔，勾勒了三种状态的故乡榕树——父亲心中女神般的榕树、母亲心灵深处百鸟乐园般的榕树、我披着"一身硝烟，踏过一条血染的路，带着父亲和母亲毕生的遗憾"而千里回家探寻的榕树，寄托了作者对祖国对家乡的深深眷恋。树与人，人与树，人即树，树即人。树已经不再是简单的自然景物，而是海外游子魂牵梦萦的故乡的化身。读完全文，我们不得不为作者的巧妙构思而拍案叫好。

在《旅途遐思》中，作者则通过辽阔的华北大平原、浊浪滔滔的大河、崭新而古老的中原大地、绿油油一望无际且正在茁壮成长的麦苗、烟波浩渺一片白茫茫从天际倾泻而下的万里长江、暮色苍茫的黄鹤楼、巨楼广厦高耸云天的珠江两岸等景物，生发出无限的遐思，寄托了对祖国对故土的眷念之情。意境深远，韵味无穷。

（二）精炼之美

精炼之美，指的是林新仪先生的散文诗在外形结构上的精致与语言上的精炼。散文诗外型上与散文迥然不同，散文以较大的自然段构成整篇，其篇幅散漫，像一大片的荷叶，浑然一体；而散文诗则以较小的自然段落构成，像一串玲珑剔透的珍珠。林先生的散文诗，便是这样。让我们来欣赏他的《故乡的榕树》：全诗共分四个段落单元，每单元由为数不多的句子组成。从文势上看，各个段落单元呈单一独立状态，实际却由内在的文蕴连成一气。《旅途遐思》其整体外形比《故乡的榕树》更为精致，甚至显示出精巧的特别来。语言上，虽为散文的语言，但却力求像诗歌语言那样的精炼。

总而言之，意境之美、精炼之美，是林新仪散文诗给我的阅读之美。

三、微小说之美

林新仪的微小说是比微型小说还要短小的小说。微型小说的篇幅一般在一千五百字左右。而微小说的篇幅则很短，长一点的在四五百字以内，短一点的，在三、四百字之内。或许，微小说是与微信、微博、微电影等微时代产物共生的。有人曾经称之为蚂蚁小说，日本的川端康成则称之为掌小说。很多年前，本人则把它称为"火柴盒小说"。

这次世界华文作品研讨会，林新仪先生展现在我们面前的微小说有四篇：《一皮囊水》《影响力》《让领导先走》和《龟兔再赛》。这些微小说给我的印象是——

（一）精微之美

毫无疑问，微小说的形体特征是"微"，没了这个特征就无所谓"微小说"。所以，在写作技巧上，必须十分讲究，竭力在微小的体型内做小说的文章，如微型盆景，其作者尽量在微小的空间里展现大千世界之美景。

刘勰在《文心雕龙》里说："体约而不芜。"微小说在写作技术上讲究"体型简约而不芜杂"，语言上讲求干净利索，"竭力将可有可无的字、句、段删去，毫不足惜"（鲁迅语）。

《登徒子好色赋》云："增之一分则太长，减之一分则太短。"在此我想稍微改一下："增之一字则太长，减之一字则太短。"用之说明林新仪微小说的精微。在四篇微小说里，一二则是最精微的了，《一皮囊水》仅用了410个字，概括了人类发展的常态，便承载了厚重的文化内涵——为自己先得为他人，为他人便是为自己。《影响力》也仅用了322字，表现了对"丑陋的东西要及时消除，否则就会给人们造成严重的影响"的思想主题。

（二）暧昧之美

中国当代散文评论家谢有顺说："文学最动人的部分，往往就在暧昧不明的地方。没有暧昧，就没有文学。"[①]这里的"暧昧"指的是一种文学的表意现象，即作品的主旨模糊不清，模棱两可，让人说不清道不明。而这种"暧昧"常常经由作者通过"奇变"的情节所制造的"艺术空白"（留白）去形成。

"世界华文微型小说研究会"会长黄孟云说：微小说"这种文体最重要的特征就是'留白'"。他还说："写微型小说，最忌的是平平淡淡、四平八稳的讲一则小故事，令人读了如喝白开水。作品的寓意越深，韵味越浓，或者所

---

① 谢有顺：《散文的常道》，广州：广东人民出版社2014年版，第36页。

刻画的人或事越震撼人心，这篇微型小说通常就越成功。"①

林新仪的微小说尽管微小，但却有味道，"不平淡"。"深寓意""浓韵味"等是林先生通过故事情节的奇变和人物之间的矛盾博弈所造成的"空白"形成的。这种"空白"是作者故意制造的，通过不说而说、不写而写等叙述手段去制造。有人说："最高的艺术是空白艺术。""空白"中的意思是不确定的，或这或那，不清不楚，暧昧不明。请看他的作品《龟兔再赛》：

兔子与乌龟再次赛跑，结果是还是兔子败了。兔子问：龟兄，你什么时候跑到我前面的？乌龟答：看见那辆农用车了吗？兔子：看见了。乌龟：它在你后面坏半道了，我正好赶上，趁农夫修车时爬了上去。待他修好了，我就坐在车上赶超了你。到终点时，我再从车上滚下来……兔子怒道：你作弊！乌龟笑道：兔兄，咱们可没有约定不能坐车呀。兔子气得捶胸顿足。

小说写得很暧昧，没有一个明确的主旨，把模糊不定的答案交由读者从自身的生活经验中去寻找。无疑，这是一个十分高明的写作构思。

（三）惊奇之美

文学界有一句名言："打击的力量要放到作品最后。"这是对小说一类的写作在布局谋篇上的叙述策略的阐述。这种"打击力量"对于提升微作品的艺术效果十分重要。这种"惊奇"是通过小说结局的突变产生的。它彻底粉碎了读者原有的阅读期待，给读者心理以意外性的打击，造成强烈的心理震撼，以收到最佳的艺术效果。

林新仪的四个微小说，几乎都设置了一个令读者"始料未及"的结局，使得作品具有非同寻常的惊奇之美，增强了微小说的艺术感染力。

综观林新仪的这些作品，无论是叙事散文，还是散文诗或微小说，从内容到形式都给我们受众提供了多方面的阅读美感。

但是，有一点需要指出的是，微小说《影响力》的结尾设置有点失实，不符合生活本身。虽然小说中的人物事件是虚构的，但也要尽量符合生活，能在生活中找到一个大致的原型。可以这么肯定：生活中没有哪个人把呕吐物再次吃进肚子里去。或许，作者是拟用荒诞的手法揭露荒诞社会的某些荒诞现象，但我以为，艺术上的荒诞也不能离开生活真实。所以，这个微小说的结局设置是违背了生活真实的。这点意见，提出来仅与林先生商榷。

---

① 黄孟云：《微型小说微型论》，人将出版社 2007 年版，第 50、75 页。

"非常"的苦难　冷静的书写

——论修祥明①的《陪席》

颜莺

　　《陪席》是修祥明的中篇小说，发表于 2015 年的《时代文学》第 3 期。小说由《六张小饼》《四盅即墨老烧》和《庄户人的满汉全席》三个短篇构成。小说以第一人称叙述，讲述了主人公"我"陪席的故事。由于故事放置于特定的二十世纪七十年代，这个吃的故事就有着苦难的背景和别番的滋味。作者的笔下紧抓住苦难的"非常"。非常时期严守的传统习俗在这扭曲的年代，尽管可以维持，却带上了"另类"的色彩。这是一出出带着伤痕的生活故事，这又是人间的炼狱，炙烤着人的心灵，挑战人生存的韧性。

一、"非常"苦难的书写

　　《陪席》的故事发生在二十世纪七十年代，那是一个非常特殊的年代，因而小说中的"陪席"就烙上了苦难的痕迹，在所谓的体面的维护下，尽管有着聪明与才智的表现，却因着无奈下的狡黠、良心上的谴责而让人悲叹。

（一）苦难的"非"与"常"

　　由于有着"文革"的背景，小说所讲述的苦难就有着非比寻常的展现。

---

　　① 修祥明，中国作协会员，著有长篇小说《庄户人家》《庄户日子》，中短篇小说集《香土》，小小说集两部，短篇小说多次被《小说月报》《小说选刊》选载，小小说被《读者》《青年文摘》《小小说选刊》《微型小说选刊》《儿童文学选刊》选载百余次，作品被翻译成英、日、法文等介绍到十余个国家。短篇小说获齐鲁作家精品大展奖、郭澄清农村题材小说奖。《小站歌声》获首届世界华文微型小说大奖赛最高奖。小小说《河边的女子》《1966 年的冰糕》《龟王》《小站歌声》连续数年被各地选作高考模拟卷。《小站歌声》被人民教育出版社收入最新一版高中语文第六册。数篇作品被加拿大、土耳其、美国等国家和香港等地区收入大中学教材。

"非"在于其特定环境的紧张的氛围，"常"在于生活还要继续，一些习俗并没有因为情况的特殊有所改变，却在这种非常时期有了特别的体现，让人体味苦涩。

我爷爷奶奶的那块墓碑垒在饲养室门口的东侧，肖大牙他爷爷奶奶的墓碑垒在饲养室门口的西侧，修相银和杨麻子他老爷爷老奶奶的墓碑垒在两个屋山上。每次进饲养室牵牛、记工分或者开社员会，我都会瞅一眼我爷爷奶奶的那块墓碑……（《六张小饼》）

这是在当时某种错误思想指导下政策失误造成的人为苦难。扭曲了的思想，扭曲了的人，生活走上了怪圈，人们极其穷困却又万般地掩饰。在艰苦的岁月里，即墨农民的生活非常艰难。

温饱难以保障：

我饿得肚皮好像贴到脊梁骨上去了似的，肠子和胃吱吱地叫个不停，好像有一大群虫子在肚子里面拼命地吆喝和啃咬。（《六张小饼》）

吃的东西单一：

早晨吃的是地瓜干，晌午吃的也是地瓜干，晚上还是吃地瓜干。这年月，即墨人的饭桌上，年年、月月、天天、顿顿，差不多都是这老三样：地瓜干，白开水，呱唧！……这干巴巴的、难咽的、吃久了烧心得让人吐酸水的地瓜干，每天都要面对它。（《六张小饼》）

吃的量也极少，如，六张拳头大的小饼面对的是四个人食量；一瓶即墨老烧，一小笸箩炒花生面对的同样是四个人；一盘地瓜干和呱唧面对的也是四个人……

那个特殊的年代在政策等主观因素的制约下，有特长也无用武之地，只能埋没自己，无奈地陷入困顿的生活中。

肖大牙是个远近闻名的木匠……这年月，割资本主义的尾巴，瓦匠不可以拉着乡垒墙盖屋赚钱，铁匠不可以十村八疃地转悠着打铁赚钱，木匠不可以出村做家具赚钱，有什么手艺也让你变成废人一个……一个十村八疃有名的木匠，穷得连个老婆说不上。（《四盅即墨老烧》）

杨麻子之所以叫杨麻子，是因为他手里有一个祖传秘方，专门扎固麻子……本来，靠着这个祖传秘方，杨麻子可以吃香的喝辣的，但是，现在搞无产阶级文化大革命，不让他这种野路子医生给人治麻子，也不让他卖膏药。别看他是生产队长，因为有三个儿，个个正是能吃能穿的时候，所以，他的日子是村里最艰难的，大儿和二儿都好说媳妇了，连个上门提亲的人都没有……（《庄户人的满汉全席》）

而在这个疯狂的年代，特定形式的行为约定，让人在生与死的面前，变得如此的无助：

　　火化场的员工也在敲锣打鼓地欢呼毛主席的最新指示下来了，他们一边晃着膀子敲锣打鼓，一边高高地竖起胳膊大声呼口号。

　　我是被这锣鼓声和口号声震醒过来的。苞米秸不能当被子盖，我浑身冻得像根冰棍儿似的。西北风越刮越大。大雪铺天盖地地下起来。一层一层的雪花，很快把我身上的苞米秸盖住了，我就像躺在白皑皑的雪堆里似的……（《庄户人的满汉全席》）

　　在这里作者通过高压环境下人的生活的描写，展现了非常时期的非常苦难和扭曲了的生活。

（二）"吃"的帮衬

　　吃在中国是种文化，民间关于吃的习俗比比皆是。可在那个特殊的年代，吃的习俗的延续就有了别样的境况。在即墨有着陪席的习俗，可就在温饱都成问题的状况下，中国人的劣根性之一——好面子，却丝毫不因贫穷而减分毫，因而就有了小说中陪席的耍嘴皮子拆吃、侃吃的笑中有泪的解难的故事。

　　即墨地里有个习俗，家里来了客摆酒席的时候，往往会找个街坊邻居去陪席，去照应着让客人吃好喝好……（《六张小饼》）

　　自己尚未能吃饱，却又要招待客人，而面子问题又让他们隐藏了自己的穷困的窘迫，打肿脸充胖子。小说写了主人公"我"是"吃"的帮衬，帮助邻里掩饰困境，通过自己的巧舌如簧，度过一个个难关，陪席成功。

　　在《六张小饼》中"我"利用了人的同情心理，先是哭诉芸香家男人意外死亡，再诉说孤儿寡母的困境，且通过没灯油这个细节把这种困境渲染到了极致，这样下来，尽管"我"以感激的口气让送砖师傅和装卸工留下喝酒吃饭，但他们都婉拒了，且还表示了对芸香的同情：

　　听你这么一说，这孤儿寡母的日子确实让人揪心，真想掏几块钱帮帮她，可身上没有啊，给她省下这顿饭，我们走的还心安些。（《六张小饼》）

　　《四盅即墨老烧》陪席的结局是胜利也是失败。"我"首先制订了周全的计划，陪席从陪打麻将开始，为了装门面，"我"把自家的菜端了过来，而为了阻止兄弟三人吃菜，"我"故意输钱，倒贴了六毛五分钱，同时与老婆约定，让老婆谎称村干部来抓人，于是三兄弟慌忙逃走，未动一盘菜，完成此次陪席的初衷。但结局却是老二在逃跑中不慎掉到井里淹死了，白白地搭上了一条人命。这也给当事者之一肖大牙带来了心灵的创伤，给"我"带来了无尽的精神与内心的折磨："我的心就像扎上了一刀子……"

《庄户人的满汉全席》以吹嘘手法营造了丰盛筵席的幻象，而实际是所有人只喝酒却并未吃任何菜。如此可谓达到了"陪席"的最高境界了，但成功的背后是更深层的悲哀："我"硬喝到了胃穿孔。

小说紧扣苦难的"非常"来写，连"吃"都烙上了苦难的痕迹。正是在吃不饱的状况下，才不惜厚着脸皮用尽心思巧施计策来逃避招待客人。主人公以"讨巧"方式取得解难的成功，这种行径连主人公本身也觉得不齿，而其背后蕴含的深义在让人痛惜之余，也感到了生活的无奈。这样的客观描述比主观的议论来得更直接也更真实，更具有悲剧性。

二、整体与个性的塑造

《陪席》以"我"为主角，串起了整个故事。主要塑造了"我"这个极具个性的以舌取胜的小角色，其他人都成了"我"的陪衬，却又是不可少的绿叶，所有人与"我"一起建构起了小说整体的形象特征——人性的"善"。

（一）铺排渲染塑造整体形象

《陪席》中作者完全抛弃了二元对立的思维。小说的人物没有善与恶的对立，事情的发展与结局也难于以对和错去区分。也许这样的描写更能表现那个年代的特定氛围和人们观念的模糊、信仰的盲目。作者用铺排渲染的手法塑造出了"善"的整体形象。

小说中真正出场的每个角色，都是从善的，因善心助人，因善意帮人，因善举感人。"我"因为对友人的承诺帮助了芸香，"我"因为当年的雪中送被之情帮助了肖大牙，"我"因为当年的赠蛋之情帮助了杨麻子。恰是这种不忘恩情之举为生活添上了丝丝暖意，人间的温情在特定背景下更显得弥足珍贵，也为善作了铺垫。

送砖师傅和装卸工免费为芸香卸砖，并同情地为其省下了一顿饭。而不管是肖大牙的三个干兄弟还是杨麻子的四个连襟，小说也没把他们写成对立面。其实，他们来做客就是中国人日常生活中的最为正常的走亲戚和串门，可在特殊年代这种正常也变得不正常了。由于当时的即墨人处于"穷困"窘境，为了解决穷带来的困境，不得不以不常规的行为解困，于是就有了另类的"陪席"。

小说选取了最琐碎最平常的身边故事，最平常的老百姓的生活，却把故事的发生设置在那个扭曲的年代，于是"善"举就有了出乎意料的结局，扭曲的人生不扭曲的人性，扭曲的环境不扭曲的生存之道，就有了别番风景。这里没有爱情，却有爱；没有奉献，却有大义；小说并不涉及大题材，不提倡大人生，却在没有歌颂崇高之下，有了让人感动的温暖之情，这就是人性善的魅力。

芸香从胡同北头急急地走来，她塞给我老婆两斤从云南带回来的全国通用粮票，这年月，粮票可是个稀罕物，何况是全国通用的……老婆刚揣好粮票，肖大牙从胡同南头喘吁吁地跑来，他带来两个苞米面饼子，用小手巾包着，他的心细，里面还包上了一个大呱唧。杨麻子几乎脚跟脚地从胡同南头跑过来，他手里提着一个罩子火油灯，戴着棉帽子，手上戴着一副露出棉花的手套——他是要送我去即墨县医院。后屋的大娘、南屋的二叔、东胡同的三大嫲，前街上的四爷爷，村东头的五保户隋氏……十几个街坊邻居围在地排车前，瞅着我，都动了心地叹气和掉眼泪。（《六张小饼》）

三个小故事，以善始，却以或愧疚或死亡或生病为结局，有力地控诉了那个湮灭人性的时代。当人们违背意愿地去做某些事，尽管是"善"举的帮助，却也带来坏的结局，灵魂常处于煎熬中，心灵没有得到救赎。这也是一种灵与肉的折磨。而"善"的整体下的个性张扬更凸出了人物的形象，从而达到以整体彰显个体的目的，人物形象也更鲜明。

（二）细节刻画彰显人物个性

小说以"我"为贯穿始终的主人公，"我"作为一个地道的农民，却又有着另外一个"陪客"的身份。头脑灵活，思路敏捷，善于表演，富于同情心的"我"演绎了"人生如戏"的故事。

都说男儿有泪不轻弹，小说里却多次写道"我"的落泪。《六张小饼》中，"我"为达到目的，大打悲情牌："跪下来，放声大哭，一开始我是演戏哭，是装哭，没想到竟哭得动了情，两眼里真的有了泪花。""我"不仅顺利地完成了计划，而且是意料之外，不动一菜一水。可"我"的本意"不是想让他们一口饭不吃、一口水不喝就走人""出了这么多的力，天又这么晚了，他们连口水都没喝，也没坐下来歇歇喘口气，就这么饿着肚子往回赶"。让"我"的"心像猫爪子挠着一样难受"，于是"难过地抱着头，几滴又苦又涩的泪水，顺着腮帮，一滴滴滚进两个嘴角里……"如果说前面的哭有装的成分，后面那次就因行为违背良心而难过，是真情的流露。第三次流泪是在《四盅即墨老烧》老二出殡的那天，"我"不停地抹眼泪，悲剧的造成有着"我"的因素，因而心像扎了刀一样。第四次流泪是《庄户人的满汉全席》结尾处，被误送到火化场后的痛哭。此时身上披着雪是冷的环境，而耳边听到癫狂着敲锣打鼓呼口号是热的反应，一冷一热的陈述，反衬出人的生命在此时的无足轻重。"呜呜地哭了"，这是一次连着声音的描写，之前都是无声的抽泣，仿佛到了此时，人才可放肆地发泄不满。

这四次流泪各有原因，但实际的背景都是那个特殊的时代。作者也通过这四次流泪突出了人物的性格特征，及其人的善的秉性。

"即墨人喜欢给人起外号，但意思往往是倒把过来的。"小说就以"外号倒把"来塑造人物形象。

肖大牙是个远近闻名的木匠，他的牙，一点也不大，满口牙长得很齐和，也没有一个翘牙。因为不抽烟，他的牙很白。之所以有肖大牙这么个外号，是因为他空有一门木匠的手艺，四十多岁了还是光棍一人过日子。……一个十村八疃有名的木匠，穷得连个老婆说不上，提起这件事，村里人就会说，真是让人笑掉大牙啊。他的外号就是这样得来的。(《四盅即墨老烧》)

肖大牙不是长着一口大牙，杨麻子也不是长着一脸麻子……杨麻子的两脸干干净净，光光滑滑，一个麻子也没有，连个痦子和雀子也见不着……杨麻子之所以叫杨麻子，是因为他手里有一个祖传秘方，专门扎固麻子。(《庄户人的满汉全席》)

人物的塑造还通过细节描写去抓其特征，从而赋予人物的个性。如半仙的得名由来于一次到即墨城的供销社买鞋，因忘记带尺码，也忘记带量脚的那根细麻绳，于是懊恼地掉头回了村。见了人就叹气道："来回趟空跑了五十多里地！"即墨地里，就把缺了个心眼的人，戏称为半仙。

三、着点小透视深的手法

文学作品只有客观地反映百姓生存的真实状态，才会引起读者的共鸣，才会成为社会变革的一种不可或缺的推动力量。[1]

《陪席》有着浓郁的乡土气息，又有着"伤痕"的感伤情怀。但站在"回

---

[1] 修祥明：《从伤痕文学到文学伤痕》，《青岛文学》，2011年第10期，第75页。

望"的叙述角度下，少了一丝激愤，多了一份冷静。而这种冷静书写的对象是狂热的年代，在冷与狂的对比中，更表现出深层的悲哀。未被抛弃的习俗，还留存的人性善，在扭曲的年代生发出扭曲的故事，付出要湮灭人性的代价。历史的无力在于无法改变的事实。

（一）小处着眼的叙述

修祥明的小说善于从小处着眼，不管是环境的渲染还是人物的描写都采用以小见大的手法。他不注重重大事件的叙述，但却常把小人物的日常生活置于大的政治背景中，通过对琐事的描写，反映社会，透视人生。

小说《陪席》中，作者没有大肆地渲染政治的高压，对于政治气氛的描写很少，几乎都是擦边球似的描写：

这年月，要不是破四旧把祖坟挖了，生产队连个饲养室也盖不起来。挖出的砖、石条和墓碑用来垒墙，棺材板子就用来做门做窗和当做檩棒子。(《六张小饼》)

这年月，割资本主义的尾巴，瓦匠不可以拉着乡垒墙盖屋赚钱，铁匠不可以十村八疃地转悠着打铁赚钱，木匠不可以出村做家具赚钱，有什么手艺也让你变成废人一个。哪一个敢偷着出去赚钱，要是被发现了，不是被游街，就是被开批斗会，轻的也是被写大字报和扣工分。庄户人老实、本分，宁肯受穷，宁肯饿着肚子，也不愿意背个罪名身上。(《四盅即墨老烧》)

还有较为正面描写的，如：

头响，全公社的劳力们，聚集在公社驻地段村的河套上，在刺骨的寒风中召开全公社农业学大寨的万人誓师大会。红旗招展，锣鼓喧天！人头攒动，震耳的口号像要把天冲破了似的！公社的头头说，今年，要把全即墨县农业学大寨的红旗扛到段村公社来。(《庄户人的满汉全席》)

这里是场面的描写，纯粹地陈述不加任何评论，但已写出了那个年代的疯狂，为故事的展开渲染了紧张压抑的气氛。

《陪席》没有讲述什么大道理，取材于老百姓的日常生活及常态的民间习俗。可由于处于"文革"的背景下，再平常的日子都变得如此不平常，而这些异样来自于环境，更来自人内心，小说笔触细微地写出了人所经历的灵与肉的煎熬。

114

（二）嬉笑中含泪的透视

"陪席"取得了成功，可这种成功隐含着悲的因素，外在的嬉笑中含泪地透视出人生的无奈、生活的困顿。人性善在这特定的年代遭受了前所未有的挑战，小说字里行间充斥着人物挣扎的呼声，透视着人生的悲凉。

看着芸香抱着孩子走进屋里时那个对我感激不尽的样子，想想那六张葱花小饼和一钵子红小豆水原封不动地盖在锅里，我并没有打了一次胜仗的开心和满足感……我的心像叫猫爪子挠着一样的难受，感觉真是一万个对不起人家。

看着拖拉机消失在远处的十字路口，我在村头蹲下来，难过地抱着头，几滴又苦又涩的泪水，顺着腮帮一滴滴滚进两个嘴角里……（《六张小饼》）

《四盅即墨老烧》中更以"老二"的死，蒙上了阴霾：

肖大牙跪在长着牛皮草的水井的井台上，把头向前伸着，瞅着井口哭，我蹲在远处不停地抹眼泪。肖大牙哑着嗓子喊一声"兄弟，你死得冤啊！"我的心就像扎上了一刀子……

《庄户人的满汉全席》的结尾定位到了火化场，地点本身就是悲凉的。而"我"作为陪席拼命喝酒，陪席成功了，"我"却得了胃穿孔，在送去医院的途中又被误送到了火化场。故事情节急转而下，更增添悲怨之情。而此刻，耳旁热闹的"锣鼓声和口号声"更增添了一股悲腔：

看着身上越来越厚的雪花、看着火化场的那个又高又粗的冒着黑烟的大烟囱，看着那些披着一身雪花癫狂着敲锣打鼓呼口号的员工们，我心里百感交集，鼻头一酸，就控制不住地呜呜地哭了起来……

小说最后以"我"酣畅淋漓的情感宣泄结束，直接地释放了压抑。可也透视出那个年代对人的生命的漠视。

小说的陪席都是取得成功的，都达到了预先的目的，可不仅没让人感到任何成功的喜悦，却反而增加了悲剧的意味，从另一个角度揭示"文革"给人带来的伤痕，而这种伤害更多的来自于心灵，从而直透人的精神层面。

小说主要讲述了即墨人陪席的故事，可看完整个故事，感染人的却是故事所透视出的浓郁的悲哀和深层的政治与人生的思考，尽管作者并不作任何的评论，可我们却能读懂作者的深意，品味那伤情。作者显然很善于伤痕的揭示，以平实的语言，不注入主观感受的冷静描写，通过小说人物真情实感的言行，不动声色地表明了自己的立场，批判了那个年代的疯狂与无知。

作者简介：

颜莺，1974 年生，女，钦州学院副教授。

浅论梦凌的微型小说创作

梁立平

　　泰华女作家梦凌，祖籍中国广东省丰顺县，毕业于泰国素可泰皇家大学师范系、广州暨南大学华文教育本科，现为《世界诗人》季刊艺术顾问、泰国华文作家协会会员、海外华文女作家会员、泰国《中华日报》副刊主编、大学特聘教师。创作有散文、散文诗、儿童文学、现代诗、摄影集、短篇小说、微型小说及闪小说等 12 本。梦凌最先以创作散文和诗歌闻名于文坛，微型小说的创作起步较晚，但是却后劲十足，其艺术创作手法、主题和所包含的华文文学特性，值得我们好好地逐一推敲。

一、结局突转，巧留空白

　　微型小说受到篇幅和字数的限制，具有立意新颖、情节严谨、结局新奇的三要素。梦凌的微型小说在结局形式上与流行的微型小说艺术手法一致，注意在小说的结尾处采用突转的艺术手法，并非按照小说叙述过程中所铺垫的方向和引导读者形成的心理预期进行，结局往往"出乎意料，入乎情理之中"。

　　《孤独剑》利用大部分的篇幅写"她"孤身上峰，向"他"挑战，并浓墨重彩叙写交锋后"他"的箫声似千军万马，十面埋伏。然而，就在"她"萎倒于地之后，"他"突然看着"她"，"突然，心底一颤。长啸一声，向山下疾奔"。看到"他"所坐之地后面的墓碑以及碑边插着的一把剑，她才发现，自己失散多年的双胞妹妹原来竟是"他"的爱妻。原本预期看到"他"取得大胜后无视眼前的一切，继续低头悠悠吹箫的读者，看到这个出乎意料的结局，既为"他"对爱妻的怀念追思而感动，为"他"认出爱妻的胞姐之后的长啸疾奔而感伤，也为这两姐妹和两把剑的失散、各自孤独而心痛。原本平淡无奇的故事因结局的突转而掀起了波澜，增添了多层的蕴味和含义。

《坐禅》写忘记带眼镜的女儿发现丈夫在门口与其他女人拥抱，慌慌张张地跑到母亲面前哭诉丈夫有了外遇。正在坐禅的母亲不为所动："如果你能像妈妈一样心平气和地坐禅，你将把一切事情都看得很平淡。那你老公也将是不重要的，他也许是一种东西，或是一个毫不相干的人，如果能做到，那便是最佳的解决办法。"但是，当母亲发现其实是自己的丈夫在门口与女人厮混之后，从枕头底下取出一把短枪，气汹汹地冲下楼去，"要杀死这对奸夫淫妇"。最后，一连的枪声震耳欲聋。通过女儿的丈夫有外遇变成母亲的丈夫有外遇的这一逆转，读者有机会看到劝说女儿通过坐禅获得心平气和，这样"万事皆可解决"的母亲，言语与实际行动截然相反的一面。这种出乎意料的结局加深了小说对坐禅说的讽刺意味。

梦凌微型小说的这种结局突转、出乎意料的艺术手法，深化了小说的主题，强化了美学的力度，增强了审美的趣味。并且，她的小说在突转之后，并没有给出一个封闭式的结局，没有告诉读者一个明确的水落石出的结果，而是给出事件有了进展的提示跟线索之后，戛然而止，巧留空白，调动读者的思维去判断、想象和猜测。这样，读者也参与到作品的创作中去，享受主动创作的快意。比如《坐禅》，小说在作者告诉我们"一连的枪声震耳欲聋，女儿惊呆了"之后，便结束了。到底母亲是对着空气开枪泄愤，还是丈夫或者那个女人被打死或打伤，我们都无从得知。作品结束了，但是读者的想象和思考没有结束。

这种没有结局、巧留空白，正是梦凌的微型小说突出的一个艺术手法：留白。"留白"一词是指书画艺术创作中的一种手法，为使整个作品画面、章法更为协调精美而有意留下相应的空白，留下想象的空间。艺术角度上说，留白就是以"空白"为载体进而渲染出美的意境的艺术。"留白"是我国传统艺术的重要表现手法之一，被广泛用于中国绘画、陶瓷、文学、音乐等领域的研究中。运用留白的艺术创作手法，作品看似并不完整，却将更多地调动读者的阅读主动性，最大限度地激发读者的想象力，由读者通过自己的理解、体会、经验和想象去填补作品的空白，从而在更大程度上实现作品的完整性，丰富作品的思想和意蕴。如果作者把故事的来龙去脉和个中意蕴交代得一清二楚，反而余味不足，缩小和窄化了作品的表现空间、艺术空间。

除了省略明确结局的巧留空白，梦凌的微型小说还有省略情节的巧留空白。《旗袍》写九姨太去世，"我"在泪水中回忆九姨太的美丽，回忆九姨太身上的旗袍，回忆九姨太对"我"结婚的祝福和对死亡的释然："死亡，或许是一种解脱。"但是，对这个"父亲从一个青楼带出来的女人"，她的感情世界、人生经历、死亡原因，等等，作者一一省略不提，给读者留下了广阔的艺术想象空间。言有尽而意无穷，读者可以根据自己的经验、意愿，在心中为九姨太这个风情万种而又像谜一样的女人续写更多的故事。

另外，梦凌的微型小说还有一种留白，即为只写人物故事，不作任何议论评说，故事说完即止，任由读者去体会、评判，启发读者通过作品有限的描写和叙述来揣摩和体会作者的微言大义，给作品平添了无穷的艺术魅力。《第三只眼》的主人公两个月前东北之行遭遇一场车祸之后，多了一只眼睛，每次注视他人的眼睛，会看到柜台接线生偷拿了抽屉里的现金，看到社长秘书在社长面前脱掉了衣服，看到报馆的老总昨晚跟小妹妹的"耕耘"太繁。因为多了一只眼睛，看到了别人的秘密，好几个晚上，"我在惊叫中醒来"。在这篇小说里，梦凌并没有把她对这个离奇事件的评价和判断写出来，作品隐含的讽刺、揭露和批判意味皆需通过读者的体会、揣摩和思考。

二、以赞扬为主调，弘扬华族道德精神

微型小说是一种文化消闲的产物。泰华微型小说的崛起，首先就是由泰国社会的现实生活所决定的。随着泰国社会经济的迅速发展，人们的生活节奏也不断加快，因而在文化消费上，读者的阅读口味、欣赏心理和审美旨趣都出现了新的变化，篇幅短小而意蕴丰富的作品受到了普遍的欢迎。读者在高强度、快节奏的社会生活结束后，在文学阅读的选择上，更倾向于幽默诙谐或机智风趣而非严肃深沉、悲伤忧郁的作品。再加上由于篇幅短小，书写好人好事的情节难以展开，而且很容易写得平淡无趣。微型小说多年来一直被认为是讽刺、批判假、恶、丑现象的有力手段，较少作家采用微型小说这种题材来歌颂真、善、美。但是，梦凌的微型小说恰恰是以赞扬为主调，注意发掘人性中美好的品质，着力刻画美好的人情事物，侧重对华人优良文化传统和品质的张扬，并且通过结局突转、巧留空白等艺术手法，使故事构思巧妙，自然、深刻而感人，成功树立了一个又一个的闪光形象。她以赞扬为主调的作品能够写得不落俗套而富有艺术魅力，实属难得。

1. 歌颂父慈子孝的亲情关系

《过年》里的母亲，为了把吸毒犯罪的儿子拉回正道，"一夜之间头发全白了，颤抖地拉着他到公安部门自首"。儿子不理解母亲揭发自己罪行，亲手

把自己送进监狱的行为，出狱后一直不肯回家，也不给家里打电话。直到接到弟弟的来电，他才知道自己出狱之时获得的这份好工作，是母亲用自己的心脏救公司董事长女儿的性命而换来的。儿子"哽咽着拿起手机，订下了回家的机票……"《小小的爱》不足450字，一家四口浓浓的亲情却浓得溢出来了。情人节，小高的姐姐却选择给父母打电话，祝福他们节日快乐。父亲很高兴，还跟姐姐数落小高："这浑小子不知道在忙啥来着？没心没肺的，知道什么叫爱啊？"殊不知，彼时的小高正在用做风筝的红色纸裁剪成花瓣，再慢慢地一瓣又一瓣堆起来，亲手制作成纸红玫瑰，偷偷放进父母的睡房，上书"小小的花，送给我最爱的人"。情人节，姐弟俩最爱的人，是自己的父母。

2. 歌颂相濡以沫的夫妻关系

《豆腐花》主人公的前妻，为了逼沉迷股票甚至把房屋地契作为最后抵押的丈夫觉醒改正，把手中的菜刀狠狠地砍向自己的手指。跟丈夫"一刀两断，从此视为陌路人"的她，却默默挑着胆子卖豆腐花，一直坚持赡养前夫患有痴呆症的母亲。《陪你一起看星星》的丈夫患上癌症，他在自己的遗嘱上签写"本人死后把双眼移植给盲妻"，让妻子在自己死后，用自己的眼睛去看星星。《箱子》的主人公接受第二次肩骨化疗后，辞掉了报馆副刊的工作。他跟儿子在家中无意发现了妻子藏在床底下的一个木箱子，里面有四个包裹，其中两个是妻子珍藏着的夫妻俩初恋时的来往书信和结婚后第一次吵架他写的保证书，另外两个包裹放的是他肩骨癌所有的医疗单，以及妻子的一张卖血单。几天前，妻子脸色苍白，可是她告诉丈夫，工作太忙啦！

3. 歌颂人与人之间的相互关爱之情

《礼物》里的富强，跟一群同自己一样来自贫穷家庭的孩子在马路边等一次次的红灯亮起，穿梭在汽车之间叫卖报纸、花串。六一儿童节，富强为不能参加儿童节庆祝会而失落。他的同伴"博士"为了安慰不开心的富强，把自己捡来的一个漂亮气球送给他，虽然这个气球对于"博士"同样宝贵，虽然"博士"家里也有弟弟在等着他。《油漆匠》里的油漆匠去给一户人家重新油一层蓝色的漆，在工作的几天里，他了解到男主人家里重新刷漆是因为认领的三个孤儿快回来了。但是，他们的生活并不富裕，因为他们"每天吃同样的一道菜，从来没有改变"。油漆匠深受感动，只收了他们一半的工钱，因为他觉得"男主人本来就是瞎子，可是他有一颗比金子还亮的心"。其实，这个油漆匠同样拥有一颗比金子还亮的心，油漆匠也是残疾人，他只有右手臂。

梦凌的微型小说，深入泰国华人的现实生活，善于发现生活的美、心灵的善、感情的纯真，以小见大，通过抓住一件事情，一个场景，或一个瞬间。故事构思巧妙，把人的美好心灵和高尚情操写出来，进行颂扬，使人看到在当今物欲横流的社会依然处处有温情，更让人看到泰国华人身上优良的德性品格，而这种真善美的德性品格则根源于中华民族传统的道德精神，根源于推崇"仁者爱人""以仁为本"儒家思想的文化中国。

儒家思想以"仁"为本，一部《论语》就有109处提到"仁"，强调以"仁"治国治民。"仁者，人也，亲亲为大。"孔子讲的"仁"，是为人之道，是尊重人，关心人，帮助人，把人当作人。"君臣也，父子也，夫妇也，昆弟也，朋友也，五者，天下达道。"如果人人都能用仁爱的精神处理君臣、父子、夫妇、昆弟、朋友关系，君臣同心，父慈子孝，夫妻和睦，朋友互助，自然就能管理好人民，治理好国家。两千多年来，儒家"仁爱"的思想和精神已经构建成为中华民族的集体无意识，形成了中华民族传统的文化底蕴和道德精神。中国传统文化是海外华人的心灵与精神的归依，强调真善美的仁爱品格的华族传统文化精神，对海外华人作家影响深远。特别是梦凌6岁回到故国，在祖籍家乡完成自己的小学和中学的学习，华族传统文化在她身上留下更鲜明的印记。面对当今社会在物质文明的冲击下世风日下、道德缺失的状况，梦凌选择回归和依靠中国传统道德思想和儒家文化，在微型小说中歌颂父慈子孝的亲情关系，歌颂相濡以沫的夫妻关系，歌颂朋友之间甚至是陌生人之间的相互关爱的友好关系，弘扬"仁爱"精神，对华族传统文化进行倡导和光大。梦凌通过在微型小说中塑造这些心灵美好、道德高尚的闪光的人物形象，以美好映射丑陋，给社会树立道德品性的标杆和榜样，以此为方式和途径，努力完善泰国华人社会的德性修养，提升泰国华人的精神和道德境界。

当然，梦凌的微型小说也对现实社会中的卑陋现象和丑恶灵魂进行了揭露和抨击，对各种丑恶现象和不正之风进行了辛辣的嘲讽，在此不作一一赘述。

三、流动的自我认同与中华文化的散播

梦凌的微型小说以赞扬为主调，弘扬中华民族传统文化和儒家道德思想，表现了继承和发扬中华文化的民族情感。同时，她的作品当中，也展现了对

亲人的思念，对故乡的深情，对祖国的热爱。这一点，在她的诗歌创作中尤为突出。比如诗歌《三月，燕归来》，倾诉了诗人对异国他乡的孤独、哀伤以及对亲人的思念、故乡的向往："南洋的三月竟然细雨飞扬/屋檐下的精灵在低声吟唱/归去，不如归去/心灵最底层，在梅雨中开始发霉。""我在异乡寻找故土的芬芳/请允许我，在天涯燃三炷香/让祖先的灵魂把我背回故乡。"

但是，纵观梦凌的文学作品创作，以及其他同时期的可归为新生代的东南亚华文女作家的创作，我们可以发现，她们的作品当中，虽然依然有厚重的中华民族的烙印，依然有着悠远的怀恋故土的感情和对民族民俗和美德的眷恋，但是已经开始缺少在老一辈的华文作家创作中凝聚着的离散的悲凉心态和对身份认同的焦虑。在老一辈的华文作家的创作中，我们可以深切体会到华人在居住国与祖籍国均处于边缘地位的这种双重边缘身份所引发的身份认同危机。华人在居住国既放不下自己作为华族在族群杂居环境中的优越感，又被本土放逐和打压，处于弱势和边缘地位，成为社会"继子"的角色。所以，老一辈的华文作家只能通过文学创作表达离散的痛苦，发出"我是谁"的追问和思考，通过文学创作构建自己的文化身份和民族身份，他们的创作充满了焦虑、矛盾、孤独和挣扎。到了现在，有些东南亚华文作家已经是几代以外的作家，他们已经在居住国落地生根，融入当地的本土生活，在政治上逐渐认同于居住国，对自己现实政治层面的身份已经不再动摇。而且，随着地球村和全球化时代的到来，以及一个以和平与发展为特征的中国的不断崛起，"一群抱持世界主义者新身份的华人正在冒起"。他们的特质有三："其一为精神依归的多元性，其二为不同生活的融合性，其三则为因应前二者概念而生的'立场'，其新身份系随着不同的场合和不同的'观众'而不断改变。"这群抱持世界主义新身份的华人，他们的自我认同都是自信的、流动的，到了一个新的地方，都能设法融入当地的生活、思想、文化、民俗，随遇而安，不会纠结和执著于自己的血缘和根性，但是，他们也不会抛弃或放弃自己的血缘和根性。他们既对祖籍国文化和传统深深眷恋，又同样热爱自己出生、成长、奋斗的居住国，二者在他们身上可以同时共存，形成文化认同的双重性。

梦凌的文学创作体现了全球化时代下，这一代泰华作家的自信的、流动的自我认同。早已加入泰国国籍的他们，对自己的政治层面的认同不再动摇，依然融入当地本土生活与其他族群相处融洽的他们，不再焦虑于"我是谁"的身份认同问题。再加上梦凌的居住国泰国，接受中华文化较早，中泰两族普遍通婚已有三百多年的历史，血缘关系密切，虽然历史上也曾发生过打压华人、禁止学习华语、华文报纸被迫停刊等问题，但是与其他国家相比，中华文化和华人还是比较容易被泰国人民所接受的。与其他处于高压环境底下造就的谨慎而焦虑的叙事策略不同，处于一个比较宽松、自由、开放的环境之下，梦凌这一代泰华作家不再挣扎于寻求自己的民族身份认同，通过文学创作构建属于自己的族群认同的这种需要没有那么迫切。他们的创作所包含的华文文学特性，更多的是体现在割不断的亲情和无法舍弃的文化之根。

泰华人从来没有忘记自己的祖先，也没有忘记华人的传统文化，顽强地保持华族的风俗习惯和文化之根。"文化中国——具有'原根'意味的中国传统与文化，仍然是华人作家的心灵与精神的归依与'故乡'。"这一点可以通过前文分析梦凌微型小说创作中对华族道德精神和儒家传统文化的表现、弘扬当中得到印证。除了在文学创作中发扬中华民族传统文化，意欲通过华族德性品格的歌颂为华人社会树立榜样和模范，引领社会风气，以梦凌为代表的一批东南亚华文作家还通过其他方式方法不停地探索在海外散播、传承中华文化的途径。比较突出、典型并且影响深远的有两种：一、在华语学校任教，投身华语教育事业，推动华文教育的发展；二、在华文报刊担任编辑，通过华文报刊传播中华文化，推动华文报刊对华文文学发展的促进作用。梦凌就是个中翘楚。她现在既担任沙拉萨通库双语学校副校长，坚持自己所热爱的华文教育事业，同时也担任《中华日报》的副刊主编、《世界诗人》季刊艺术顾问，而且自己的华文文学创作从未停止。梦凌为中华文化在泰国的散播、传承做出了杰出的贡献，她的跨国性的双重文化认同让她拥有更为开阔的视野和思维，也帮助她在思考、探索、推动中华传统文化在泰国的弘扬、继承这条路上走得更久、更远。

四、结　语

新加坡、马来西亚、印度尼西亚、泰国、菲律宾等国的华文文学，以"东南亚华文文学"的范畴进入了越来越多的学者的研究范围之内，华文文学研究已经掀起一股热潮。但是，这些东南亚国家的华文文学，受诸多复杂因素的影响，互相之间存在较大的差异性，不能统一而论。梦凌又是一个创作量大、创作面广、创作类型丰富的华文作家，需要深入泰华文学现场，寻找更多的第一手的资料，再做进一步的分析和研究。

书写血色生存，描画生命困境

——读陈琳①《带血的钞票》

黄雪莹

　　陈琳先生是侨居海外的著名油画家和作家，他的足迹踏遍东南亚乃至世界各地。他用手中的笔去书写、去描画人生百态，揭示现代人的生存状况。陈琳擅长以民间的生活为素材，喜欢书写宁静的山村、普通的劳动人民特别是穷人的生活，他希望能透过他的作品把这些穷人面临的困境表现出来让大家知道，让大家认识并反思这些问题。读陈琳《带血的钞票》，我们能深深感受到作者对战争的厌恶，对生存的无奈以及对生命的咏叹。在作品中，我们并没有看见血与火的直接描写，但在读过小说之后却能深切体会到战争给人们带来的精神和肉体的深重伤害，感受到了作者对战后老挝人民的生存环境、生存状态、生命价值的深刻思考与同情。

　　《带血的钞票》是一篇叙事散文，叙述了作者在一个酷热的夏日应邀去参加欧盟 UXO 帮助寮国（老挝）清除越战期间未爆炸弹组织的一次活动，为他们创作一些关于战争与和平的油画。走在查尔平原和"胡志明小道"上，面对老挝边境人民的贫困、艰难生活，"我"被深深地震撼了：战后几十年，老挝边境的人民生活依然贫困苦难，由于战争时期美军留下的大量未爆炸物，老挝三分之一以上的土地不能开发，百分之三十以上的人正在面临未爆炸物对生命的威胁。更为可悲的是，贫困的人们只能依靠寻找未爆炸物当废铁出卖换钱，死亡的阴影随时威胁着他们的生命。作者用一种近乎白描的手法，

---

① 陈琳，1957 年生，男，四川合江人。老挝著名华人作家、油画家。擅长油画、散文、诗歌、游记写作。其油画作品被众多国家大学艺术馆、收藏家收藏。2010 年 11 月 9 日获联合国副秘书长 Asha-Rose Miqiro 博士颁发的"人类和平贡献"荣誉证书。

将自己所见所闻、所感所想展现在读者面前，娓娓道来却令人震撼，控诉了战争带给老挝人民的无法愈合的伤痛，展示了老挝人民悲剧的生存环境和生命的悲怆与无奈。

书写生存的困境与无奈

　　人在生存困境的面前，总是显得无能为力。《带血的钞票》一开始就描写了作者对陷入困境的无奈与痛苦。五月的老挝万象"酷热无比。热浪涌来，一潮高过一潮"，随之而来的还有牙疼难忍、手掌被烫伤、市中心的大火和脚背的疔疮，使"我"感受到地狱般的折磨。但个人的不幸很快淹没在了战后老挝人民更为深层的苦难之中。

　　作者受邀去越战时被美军地毯式轰炸的查尔平原和"胡志明小道"采风，沿途所见满目疮痍。当年美国政府对老挝不宣而战，为了切断北越对南越的支援，美军对老挝解放区进行大规模的轰炸，为了可以透过光秃秃的山林看清地面目标，美军还用飞机向森林喷洒脱叶剂，破坏生态环境，罪恶可以说是罄竹难书。这些战争造成的直接后果是："现在老挝整个国土的三分之一以上，如今都还不能利用开发。遍布炸弹，就连野兽都不会往这些山上跑。"虽然老挝人们想要努力清除这些可怕的炸弹，但"以目前的进度来看要彻底清除未爆炸弹，还需要一百年，甚至更长的时间"。美国政府毁掉了老挝人民平静安宁的生活，使他们陷入地狱之门，"寮国人民今天遭受的困难都是美国人的错，他们对此仍然心怀愤怒"。

　　战争是残酷的，无论什么样的战争，都是以人类的死亡和文明的毁灭为代价的。虽然已经过去几十年了，老越边境的人民还是处于战争的威胁中，战争带给他们的苦难是长期的。但人们还是要生存、要顽强地活下去，于是就会有许多不可思议的事情发生。炸弹，这个本属于战争的名词，在老挝却有着不同的意义："在寮国，人们却把美军当年投下的炸弹当作建筑材料、制成家具和装饰品，创造出了一种特殊的炸弹文化。……他们用弹壳做成各种工艺品，有的被当"钟"挂在学校和村口的树上；有的弹壳被钻出了许多有规律的小孔，当作栅栏用来圈养牲畜；更有甚者，将弹壳按照一定形状削下来，镀成金黄色，做成香炉，供奉在佛祖面前……""他们家家户户自发地购来了金属探测器，每天都去寻找并挖出那些未爆炸炸弹，在清除炸弹的引信后他们可以当废铁出卖。"读着这一段，心中充满着太多的无奈与悲凉，这些受未爆炸弹之害最深的贫困地区的人们，却要依靠这些杀人武器生存，去换取一张张薄薄的、带血的钞票。周围的丛林既是聚宝盆，更是致命区，谁也不知道这些炮弹什么时候会爆炸，谁也无法预料下一个被炸伤炸死的会是谁。

战争把老挝人民卷入了生存的困境之中，战后的老挝土地无法开垦，环境被大肆污染，钢价攀升、粮食的短缺使贫困的指数不断上升。在这里，叙述者将战争的罪恶通过战后人民的生存困境展现出来，毫不掩饰地表达了他对到处发动战争的美国政府的厌恶之情。

展现生命的苦难与悲哀

人的生命于我们只有一次，尊重生命本是无可厚非的。可是《带血的钞票》却描写了处于生存困境中的老挝人民对生命的无可奈何。他们明明知道这些未爆炸物的危险，却不得不依赖它们去改善生活，贫困使他们放弃了对生命的敬畏，这是一种怎样的悲哀、痛苦与无奈！

老挝是一个以农业为主的国家，有着美丽的自然风光、淳朴善良的人民。如果没有战争的影响，老挝人民应该和大多数国家的人们一样过着平静安宁的生活。可是生活没有如果，几十年前的战争的硝烟仍在这里弥漫。在这里，美丽与丑陋共存，生命与死亡相依。这个季节的查尔平原充满生命的旋律，公路两旁，树木丛生，景色如画，可人们的生活并不轻松。到达一个美丽的村庄，村庄有着一种天人合一的自然美感，当"我"想尽情享受大自然的时候，村民却告诉"我"不能乱走，因为脚下随时可能会有夺人生命的炸弹。战争打破了山清水秀、静谧安详的村庄的宁静，清澈诱人的河水不能饮用，数以百万吨的炸弹有三分之一没有爆炸，多年来这些炸弹被落叶枯枝及泥土覆盖着，随时都有可能夺去人的生命。"现今的寮国，百分之三十以上的人正在面临着威胁，为挣钱糊口他们会不惜冒着生命危险去寻找炸弹。"

满山遍野的地雷和未爆炸物本是伤害老挝人民的武器，如今却又成为他们生活中必不可少的一部分：轰炸机碎片敲制成的船只、生火的支架、烟灰缸、装饰灯具甚至圈养牲畜的栅栏、高高的吊脚楼房柱都是炸弹的产物，人们对它们又爱又恨。它们既是贫困地区人们的"经济产物"，却又威胁着人们的生命，而且这种威胁从来未曾停止过。几个孩子围坐在一个火堆旁取暖却引爆了埋藏在土里的炮弹被炸伤；生火烧水的妻子被作为支架的未爆火箭弹炸死；每年被炸弹伤残的老百姓更是不计其数。人们并不是不知道这些未爆炸物的危险，但恶劣的生存环境，使贫困地区的人民漠视生命，不得不用生命去换取一张张带血的钞票，这不能不说是生命的悲歌。

人民对这些未爆炸弹有着深深的恐惧，但在贫困、饥饿、疾病面前，人们屈服于生活的压力，抛弃生命的尊严去寻找炸弹换钱，这些未爆炸弹在带给人民钞票的同时也带走了无数的生命。作者在这里表现了他对战争的憎恨和对不幸的人民深切的同情。

对战争的反思与对未来的期待

没有华丽的语言，没有雕饰的痕迹，陈琳先生的散文《带血的钞票》一改油画的浓墨重彩的特点，以一种素描的方式去展示了战争血淋淋的残酷——"美国败北从印支半岛溜之大吉的几十年里，留给印支三国的只有多过于第二次世界大战各战场总和的未爆炸弹和化学武器橙剂留下的后遗症。如今还在威胁着这里人们的日常生活"。

战争已经过去三十多年了，血腥仍然在弥漫，人们的痛苦还远远没有停止。陈琳先生有一幅油画叫做《危险的花朵》，画的就是 UXO（未爆炸的军火）对人们尤其是孩子的伤害。油画画的是就在缔约国大会举行期间，11月10日傍晚，一对姐妹放学回家路上，采摘路边的小花时，10岁的妹妹捡到 UXO，拿起给15岁的姐姐看，然后扔掉，不料却发生了爆炸。姐妹俩都被送到万象的医院里，妹妹因失血过多当晚死亡，姐姐身体多处弹片，伤势严重。这幅油画其实就是形象化的《带血的钞票》。不管是《带血的钞票》这样的散文，还是《危险的花朵》这样的形象绘画，作者要传递的都是同样的一个信息：战争是残酷的，生命是脆弱的，我们要珍惜生命，反对战争。"我没有其它的能力来援助那些至今还在受炸弹威胁的人们，但愿我的这些作品能给予寮国战后的受难者有帮助。"作者如是说。

文章的最后，作者看似不经意地写去参加法国大使的一个隆重的酒会，喝了酒，吃了法国点心。这样的场景并非多余，他展示了一个和平、宁静的环境，这里没有战争、没有血腥，人们优雅而快乐。这样的美好生活既是老挝人民的期待，也是全世界爱好和平的人民共同的期望。

作者简介：

　　黄雪莹，1974 年生，女，广西钦州人，钦州学院人文学院副教授。

从冬眠的土地上绽放的春蕾

——《缅华文学作品选》2015年春第一期散文赏析

何洁芳

引　言

　　缅甸联邦，位于中南半岛西部，毗邻孟加拉、印度、中国、老挝和泰国，因其肥沃的土地和丰富的自然资源在古时被称为"黄金之地"。中缅两国山水相连，唇齿相依，共同边界绵延达 2 171 公里，两国人民交流交往的历史悠久漫长，很早两国人民就有通婚之谊。缅甸人民称华侨、华人为"胞波"即同胞兄弟。缅甸现总人口 5 200 多万，有 135 个民族，在缅生活的华人华侨约 300 万人，华侨华人已成为缅甸多姿多彩文化不可分割的重要组成部分。其特殊的地理环境、历史发展进程以及社会经济状况形成了缅甸文化的多样性和包容性，并且具有鲜明的本土化和外来文化相融合的特点。就缅甸文学而言，"缅甸文化的特殊性直接孕育了缅甸文学的地域性、民族性以及历史的特殊性"[①]。论及缅甸华文文学的属性和作用，正如《缅华文学作品选》2015年春第一期序中所言，缅华文学，虽然是用华文写作，但是写的内容是以缅甸为背景，缅甸华文文学也就是缅甸文学的一个组成部分。热爱文学且与缅甸有直接或间接的千丝万缕的牵连。他们用手中的笔，描写缅甸这块土地上的感人故事、优美诗篇。

　　由经纬出版社出版的《缅华文学作品选》2015年春第一期刊发了来自缅甸的南部海滨、北疆山脉、东部掸邦至西部的克钦邦以及有从缅甸移民到中国、美洲等地的华侨、华人作者的 16 篇散文，作者的年龄从十几岁的中学生到九十余岁的老前辈，作品也描述了横跨两个世纪在缅甸的轶事。在散文作品中我们看到了对缅甸这个第二故乡的民族、文化、教育、心理等方面的深

[①]　庞希云：《东南亚文学简史》，北京：人民出版社 2001 年版，第 249 页。

刻思考和鲜明表达，不少作品主题鲜明、内容丰富、题材多样、感情真挚，有较高的艺术表现手法，美妙动人。

一、缅怀旧事，抒写乡愁和爱国的情怀

怀人、怀事、怀物、朝花夕拾，梳理记忆类的题材占了很大的比例。冯以文在《北京人，仰光人？》中故意用模糊的概念抒发一个在福建居住了12年，在北京居住了30年的缅甸侨二代的思乡之情。仿佛仰光人就是北京人、北京人即是仰光人一样，仰光是他故乡，北京也是他故乡，热爱北京也眷恋仰光，透露出一种只能意会不能言传的复杂而细腻的感情，道出了所有华人的最质朴的普遍情感，意味深长。

在第二次世界大战期间，日本鬼子把战火烧到缅甸国土，致使广大缅华侨胞深感不安，他们纷纷离开缅甸逃回祖国的怀抱。谢树正的《部分缅华侨胞逃难记》真实地记述了缅甸部分侨胞在逃难的过程中遭受日本侵略者飞机轰炸的危险遭遇，抒发了国恨家仇的愤慨及深厚的爱国主义感情，发出"我们要为国家的富强多作贡献，中华民族要更加团结一致，为一个更加团结、统一、富强的中国而努力奋斗；中华儿女们，团结起来，不要致迷不悟，不要干亲者痛仇者快的事"的呐喊。字里行间充分流露出缅甸侨胞的拳拳爱国之情。

陈和平的《拾花——我和吴晖云的故事》用深情而细腻的笔触回忆了发生在缅甸与同窗好友吴晖云之间充满"孩子气"的学习生活往事：从桌面警戒线的纷争到结成了"死党"形影不离；从迷人的白塔公园里结伴学习和采"百星花"标本的天真烂漫玩耍的美好时光，到相互"祝你全家死光光"的诅咒、斯打、拳脚交加所引起的彻底"绝交"，再到四年以后的"恢复邦交"重归于好的美好故事。尽管往事飘过了40多年，作者还是童心未泯，记忆犹新。有趣的童年生活的朝花夕拾，不经意都容易引起读者对各自童年生活感同身受并产生共鸣。作品歌颂了纯洁无瑕的童趣与友情，语言简朴生动，双方心理活动的描写尤其细腻鲜活。"回忆这一切，觉得是一种羞愧，一种悔恨，更是一种幼稚可笑。生活让我深深悟出了一个道理：这世上，没有什么比纯洁的友谊更为珍贵，更值得去爱惜和呵护。"正是主题的深化和揭示。

林德基的《未完的"缘分"》记述的是1965年6月在仰光《自由日报》刊登的最后一篇习作因遭缅甸政府关闭不能再发行，被"腰斩"的命运。《未

完的"缘分"》写了一个在缅甸仰光泼水节上发生的、在华人区里的阿哥基与中缅混血儿摩妮之间未完的爱恋故事。作品的立意颇深,虚实相映借爱情的缘分言事,富有多元的象征意蕴。既期待未完的"缘分"有新的续缘机遇,又有对华人文学创作的憧憬与期盼。

陈艳华的《我爱"甘拜地"》是一篇乡恋浓郁的感人之作。通过对缅甸北部克钦特区的一个小城镇甘拜地地理环境、民族分布、风土民情多姿多彩的描述,来展示远离城邦的故乡所特有的美丽、淳朴、宁静之美和回忆童年多彩而快乐的乡间生活:"在山的怀抱中酣睡着。每当晨曦映照的时候,鸟儿便欢快地扑腾着翅膀,开始啼叫。启明星收起夜的帷幕,一切在阳光慵懒地照耀下渐渐转醒。最喜欢这个时候的家乡,清纯得如同一个孩童。随着各种各样的声音慢慢响起,人们开始了一天的生活……"时而边叙边议,时而直抒胸臆:"有多少个午夜梦回时,脑海中清晰着甘拜地的轮廓,多少个无眠之夜,眼前闪现的是甘拜地的点点滴滴。那个不富裕的地方,那个有点落后的地方,以及那个温情的地方,那个怀抱着梦的地方。"对故乡的回报是"我希望有朝一日,能够尽自己的努力,去帮助那些满怀梦想,却无力拼搏的人"。

舒圆的《一个缅甸女孩的中国梦》是一篇很励志的佳作,表现了自己独特的品格与魅力。全文围绕在外婆的启蒙和引导下,一个缅甸女孩实现寻根的"中国梦"来展开我追梦的故事。从写第一个中文"人"字及每天默写100遍来体味做人的精髓:"人"。这个字很尖锐,突兀又不圆滑的形状,是我学到的第一个中国汉字。她说,人,是你,是我,是大家,写容易但做起来很难。从听外婆讲述的"精卫填海""夸父逐日"等中国神话故事来理解中华文化的"如何做人",从外婆奖励的"三七"片来体味"先苦后甜"的祖训及其丰富的内涵。"我渐渐迷恋上了那个外婆描述中的神秘的国家,我知道那里有条浩瀚奔腾的黄河,那是伊诺瓦底江所冲刷不出的东方文明摇篮;我知道那里有座气势磅礴的珠穆朗玛峰,那是树枝纵横交错的野人山无法比拟的宏伟壮观;我知道那里有群活泼可爱的毛绒精灵大熊猫,那是开了屏的绿孔雀也争不过的万千宠爱……"

舒圆这位来自缅甸南部女孩的传承几代人寻根的梦,成为了北大的学子:"我从梦的一端出发,几经周折,又回到了梦里的故乡。""我坚信会在这片崭新的土地上,凭借着自己的努力,把缅甸的风情万种送给中国的同胞。把博大精深的中国文化传递给缅甸的朋友,洒下蓬勃的种子,一起见证梦想之花的绚烂!"作品主题突出,意境深邃、富有哲理,灵活地运用描写与叙事、抒情等艺术手法,语言充满张力和感染力,体现了海外华人对华族文化的憧憬与探寻。

杨明三的《云南祖籍家乡寻根探亲之旅》是一个爱心孝心传递的暖人故事。主要记述的是替先父圆一个大半世回乡梦的历程和感悟。九十二岁高龄的老父亲曾经在缅甸北部克钦邦的密支那市定居，尔后又移民美国，为了兑现父亲的承诺，作者真实地记录了从大洋彼岸飞往云南维西县的澜沧江东边叫做"黑日多"的村庄，去寻找自己从未谋面的先亲和失散几十年的亲人的情感体验。尽管路途遥遥，山路弯弯，经过数不尽的坑坑洼洼，历尽艰难，但作者终于找到了父亲的故里和亲人并把泥土和石块带回到父亲的墓旁。其实这是一次作者心灵和精神的回家，是对华夏根文化和孝道文化的认同和传承。

　　缅怀亲情表达人类生离死别的痛楚与无奈都是常见的题材，亲情是人类最敏感的神经。棋子的《我的哥哥——罗秉樵》是又一篇别具一格的感恩亲情、呼唤亲情、珍惜亲情的新作。失去哥哥那万千不舍的心境是"秋风卷着黄叶旋转在墙角久久不肯散去"。享年三十九岁的哥哥是因患肝癌不辞而别的，作者并没有用大量的篇幅去写哥哥成年的诸多往事，而是仅仅追忆了哥哥二十多年前童年时代对自己关爱与庇护的二三个小故事，以此来抒发心中无限的痛楚与思念："我这个被你疼了一世的妹妹，却只手无力可回天。我常在午后一个人坐在你的坟前，我不断地问天问地问我自己。这一抔黄土里，躺下去的怎么会是你？怎么可以是你？这一生！好多话我向谁说去？"这痛彻心扉的直白读后令人动容，唏嘘不已。从通常的作品结构来看，似乎结构略显单一，有形象不够丰满之虑。但这恰恰契合了德国著名接受美学家沃尔夫冈·伊瑟尔的"召唤结构理论"：一是文学作品的文本中存在的不确定性与空白是联结创作意识与接受意识的桥梁，是前者向后者转换的必不可少的"中间站"；二是不确定性与空白形成文学作品的基本结构，即"召唤结构"，这种结构是作品被读者接受并产生效果的基本条件；三是接受过程是读者运用各自的经验，通过各自的想象填补不确定性和空白的过程，由于填补方式和所填补内容的差异，不同的读者所把握到的作品的形象和意义也各不相同。该文的真情告白与结构的特别形成了很大的审美与感染力。

二、游历故地，展示缅甸多姿多彩的风土民情

　　张新民的《腾云驾雾进抹谷——揭开宝石胜地的神秘面纱》用游记的形式运用了移步换景法描绘了紧挨着掸邦高原以盛产宝石而闻名于世的抹谷。

透过蜿蜒崎岖的山路领略了那里的"崇山峻岭，山峦重叠……茂密的森林，一片翠绿，山腰点缀着白云……宝石城市区中心有一个因为开采宝石而形成的湖泊，湖水清澈。四面环山，青山绿水，处处佛塔，形成的非常秀丽的画面"。在揭开它神秘的面纱之时增添了许多向往之情，情景交融，寓情于景。此外，陈云鹏的《一个古朴而充满震撼感的国度》，带我们领略蒲甘古城充满沧桑的古朴与庄严，那令人震撼的"伊洛瓦底江上，放眼望去，两岸一马平川，一望无垠。沃野万里，看不到尽头，只见朦朦胧胧深藏入遥远的天际。隐隐约约的树丛和庄稼，偶尔冒出一大片高高的棕榈树，以及浓密茂盛的树林，与若隐若现的金色、白色的佛塔，似乎在告诉游客那里存在着无限的生命力"。"抹谷佛塔林立，在高山上，在乡村里，在城市中，处处有佛塔或寺庙。在那幅抹谷全景照片上，我能数出90多座佛塔。绝大多数佛塔是白塔，只有几座是金塔……抹谷人是非常虔诚的佛教徒，挖到宝石富裕起来，就捐建佛塔，因此，抹谷的佛塔一年比一年多。"

郭济修的《重访缅甸》通过十年后重访的所见所闻，扫描和记录了缅甸在政治变革、经济发展、民主民生、对外开放等领域等方面"一切都在变""一切还在开始"的直观感受和判断，关注社会民生问题的前途命运。视野比较开阔，信息容量很大。如陈尊法的《山芭春梦残》介绍了缅甸筒裙的品种类、花式及穿法。在短小精悍的篇幅中让你大开眼界，既能了解（使用"懂得"）到《汉语词典》和《缅汉辞典》那种不周全严谨的注释，又能了解到缅人对女筒裙的禁忌风俗，富于知识性。"旅游至仰，免不了穿筒裙登大金塔瞻拜敲大铜钟，当然要入乡随俗穿筒裙，别忘了自己是男却误穿'搭玫'哦，花样也要恰如其分……记者曾观赏过某市胞波联谊年会的光盘，跳缅甸舞时，可能穿'玻笼绮'（丝质），脱落中途，好在是男性内有短裤，赶快捞上来不出丑，但让观众捏一把汗，留下了深刻印象，这不是马戏团的丑角嘛。如果用长布裹身的筒裙就不致半路脱露春光了，不是么？"这种随手拈来的小插曲在增加了作品风趣幽默的同时让人顿时懂得了缅甸筒裙的功用，既照应了开头又突出了主旨。

三、阐发人生的认识与感悟

"90后"女孩陈雨涵的《雪天》是《缅华文学作品选》散文部分一篇阐发思考的作品，选题也比较独特。作者写雪天的北京地铁站里给乞讨的残疾老人捐钱："他看着我，用一双布满皱纹和泥巴的手颤巍巍的接过那五块钱，然后一个劲地说着谢谢。"由此所引发的人生感悟。文章的字里行间透着人生的体验与自我的反思："除了抱怨就是悲天悯人，从来没有好好考虑过什么才是人生。""开心的时候总是那么轻易就被遗忘，难过的时候却总是延长好几倍，原来不是两者有什么差别，而是我们总是不经意的就会把自己的悲伤扩大，就会想要得到在乎的人关心，甚至是路人的同情。""没有人一丝痛苦都没有，也没有人一丝快乐都没有，有悲有喜才是人生。所以不管是处在低谷还是山顶，只要还活着就是最幸福的事。"颇具人生哲理和启迪意义。

四、作品的遗憾与不足

我们知道通常的当代散文创作可归类为：生活积累型、文化思考型和艺术感觉型三种类型。在此平台上，散文创作的题材越宽泛越好，技巧越灵活越好。评判优秀散文的标准离不开以下三个要素：第一，提供多少情感含量；第二，提供多少文化思考含量；第三，提供多少知识含量。情思与文采是散文重要品格与魅力所在，通观《缅华文学作品选》2015年春第一期散文园地的作品，感觉优秀作品还有限，仍然有不少遗憾与不足：

（一）主题挖掘不够。《一个古朴而充满震撼感的国度》，充满震撼感的题材和内容显得单薄，让故事说话、让人物说话，这样的作品吸引力才能彰显出来。游记散文最难的是在与景物的对峙过程中，眼中不仅只是静物的婀娜多姿、气象万千、鬼斧神工，而是能够融入人文关怀，能够发现地域风情的魅力，能够挖掘历史文化的底蕴，能够彰显现代文明的风貌。如《重访缅甸》因重访的对比不足，多少影响了作品的可读性和吸引力。

（二）篇章结构变化少。不少作品大多运用平铺直叙的写法。此外，作品语言表述有障碍，缺乏简练和精美。如谢正树的《部份缅华侨胞逃难记》就有这方面的不足。

（三）艺术表现手法不足。缺少融合知识性与趣味性的作品，等等。历史的时间空间和心理变化以及知识含量的展示都有很多纵向和横向的拓展的余地。

五、结　语

"海外华文文学是一种世界性的特殊文化载体的文学，一种新的汉语文学形态。这种新的文学形态，既不同于中国本土文学，也有别于东西方各个国家的主流文学。其特殊性主要表现为它的世界性和跨文化性，有它自身的活力和张力。在这个特殊的华文文学空间里，既有中国传统文化的基因，也有与'他者'文化对话之后产生的文化'变异'现象，是一种跨文化的汉语文学，在某种程度上已经具有世界性的因素和视野。"[①]它是一个非常特殊的文学空间，是和本土文学不同的新的汉语文学形态。缅华文学作为东南亚华文文学的组成部分，作为一种客观存在的独特文化文学现象，已给世界多元文化格局增添了新的成分。正如张新民所述："在上世纪五、六十年代，缅华文学确实有过蓬勃发展的时期，但却经历了曲折发展的历程。就像一片热带树林，在良好的气候条件下，生长得枝繁叶茂，郁郁葱葱，后因气候变化，长期干旱无雨，又遭人为乱砍伐和破坏，树木逐渐萎缩枯死，只有残留而存的疏枝。直到近期，气候变好，雨润滋生，这片树林才又有了生机。"[②]缅华文学深受中国现代文学的影响，也经历了崎岖曲折的发展道路。在缅甸近50年没正式出版过华文文学期刊的情势下，鉴于缅华文学创作的主流也不在缅甸，《缅华文学作品选》2015年春第一期中散文作者的创作犹显难能可贵。它更像是一丛在漫长的冬眠土地上绽放的朵朵春蕾,散发着春天勃发的气息。

作者简介：

何洁芳，1966年生，女，钦州学院副教授。

① 饶芃子:《全球语境下的海外华文文学研究》,《南方文坛》,2009年第1期。
② 张新民:《盼望缅甸华文文学的春天,让久谢的鲜花重新绽放》,第14届亚细安华文文艺营论文。

中国风与缅甸情

——《缅华文学作品选》2015年春第一期诗歌简评

苏葆荣

《缅华文学作品选》是缅甸近50年来正式出版的第一份华文文学期刊，由"缅华笔友协会"赞助，经纬出版社2015年3月出版。作品选汇集了缅华笔会成员、"五边形诗文组合"和"抹谷雨诗社"的作品，是缅甸华文文学复苏的重要成果，选择了散文、现代诗歌、小说、诗词、论文等五种文体。

《缅华文学作品选》从篇目数字看，其中古典诗词和现代诗歌占了半数以上。在缅甸华文文学史上，诗歌历来分量很大。为求评论对象的全面性和代表性等，文中评及诗歌是在参阅所有作品的基础上随机选取的，基本上做到了兼顾。

一、缅华诗歌的中国化

《缅华文学作品选》中的诗歌（主要是格律诗）在选材与主题上一个大特点就是特有中国特色，无论是诗歌的形式、手法、选材还是意象抑或是主题。

格律诗部分在文选中所占比重很大，而且格律诗的体式和手法及意象和主题等本质上尽显中国格律诗的很多特点，因而这部分先从格律诗说起。现代诗在体式、写法还有意象及主旨上的"中国风"并不明显。定位为"中国化"的理由是那些特定的文学体式是中国文学特有的，犹如日本的俳句和欧洲的十四行诗。

（一）体式与手法

形式上的中国化主要包括特定的体式和表现手法。或许因为文化上的远古记忆，或许是文学上的一脉相承，也许是艾略特所言的文学传统，缅甸华文文学中的格律诗很有中国文学的风格，这先要从所选的体式说起。

《缅华文学作品选》古典诗词部分包括了 150 首左右的格律诗和词。格律诗和词牌是中国文学特有的艺术形式。初步统计，文选中诗人所用过的词牌有 20 余种，如江城子、醉花阴、八声甘州、沁园春、虞美人、声声慢、青玉案、临江仙、念奴娇、水调歌头、西江月、蝶恋花、鹧鸪天、浣溪沙、忆秦娥、调笑令、浪淘沙、高阳台、满庭芳、百字令等。填词作品，除词牌繁多外还有用特定韵的作品。依韵赋诗的有林枫的《七十书怀——步韵李谷虚老师〈八十自寿吟〉》和陈樽的《醉花阴·老人节感赋（步李清照原韵）》、许云的《高德光词长韵和〈黑沙村〉》、许均铨的《用侵韵玉和何华晃诗丈〈台山侨乡颂〉》，等等。除此外，有些现代诗歌也兼用或化用中国诗歌的歌行体或乐府诗的特点，主要是伊温的《佛的足迹》《温盛大卧佛》和《飞天看塔》，其中的有些部分在句段分节和节奏方面类似于《陌上桑》和《木兰诗》等。

在艺术手法上，秉承《诗经》"六义"——风雅颂赋比兴的传统，惯用中国古典诗词常见的艺术手法。陈樽的《江城子·欢聚畅叙》直抒胸臆，可比苏轼之风。杨缅昆《读陶渊明》化用众多典故，旁征博引，几首咏物诗则是或托物言志或巧用拟人。刘贤敬的诗歌则多用描写而注重情景交融。姜鸿明的诗则长于铺叙且善用反问。林枫的诗常化用古人诗意或诗境，注重以景写情和无我之境。晨阳擅长描摹和说理，常有留白和写神。叶星的诗多善造境和起承转合。康宁英的诗歌多文以载道和借景抒情。高德光的诗歌艺术手法常多用或兼用，或白描或重彩，或夸张或比喻或排比，能做到诗中有画、画中有诗。许云的诗歌常借用古典意象，又能翻出新意。许均铨的诗长于说理，事理结合。艺术手法上，文选所选的有些现代诗也用中国古典诗词的表现手法，因和格律诗词相比不典型，所以在此不再分析。

（二）动机与用途

中国诗词有较为惯见的创作动机与特定的用途，其中少数是世界文学中的诗人共享的，但大多数是独有的。文选中的诗歌，也具有中国诗词创作动机与用途的这一特点。首先是大量的应和，如许云步的《奉和王国钊老师〈二龙吟〉》以及许均铨的《步高德光词长韵和〈黑沙村〉》。悼亡诗歌有许均铨《悼诗友云鹤》，感怀诗歌有陈樽的《江城子·欢聚畅叙》《鸿明直桑岱点灯节登直敢山感怀》等，怀友诗有杨缅昆《青玉案·中秋节怀伊江诸友》等，宴饮诗有许云的《鹧鸪天·赴缅华笔会成立酒宴呈文友》和高德光的《八声甘州·缅华笔会成立志庆赴澳门归侨总会换届晚宴赋》等，聚会诗有许均铨的《小诗磨坊亭畔联谊》《青玉案·珠海澳门诗友雅会》等，题赠诗有林枫《鹧鸪天·遥寄缅甸林彬君》《浣溪沙·寄泰国胡盛廷学友》等，送别诗有林枫的《忆秦娥（变格 平韵）·送别》等，怀古诗有叶星的《曼德勒皇宫怀古》等。值得一提的是庆典诗歌很多，如《高阳台·第八届东南亚华文诗人大会喜赋并呈五边形诗社诸君》和贺缅华笔友协会成立的几十首诗词。

之所以将动机与用途归为"中国风"的一部分，是因为动机与用途直接决定了诗歌的选材、主旨、意象乃至艺术手法和艺术风格等，因而决定了整个作品的艺术风貌和精神风貌，从而形成了极具中国特色的诗歌作品。以上的动机与用途在世界文学史上，其他诗人或诗歌也不时地有，但在某个国家的文学史上并不能形成一种风尚从而产生比重很大的众多作品。但是缅甸华文诗歌则大部分作品都受中国诗歌生成惯例的影响，以至于成为华文文学的一个特色。当然，有些创作动机与用途完全可以被现代诗歌所借鉴或采用，这样思考的话无疑可以提高现代诗的实用性和激发写作灵感，同样也可以扩大选材范围。当然，这些也可以被其他主要的文体或综合艺术所借鉴，如音乐、美术、电影等。

（三）题材与意象

因为特定的环境和审美习惯，中国古典诗词有惯用或特有的大量题材和意象，当然相对应地有惯用或特有的艺术手法和艺术思想。此外，在题材与意象上的"中国风"主要是和中国有关的题材和意象。文选中有很多诗歌直接选材自中国的风土人情、社会事件等。难得是有不少诗歌取材中国的社会事件，如有陈樽《八声甘州·"七七"抗战 75 周年纪念》、许云的《高阳台·南京国家公祭》、康宁英的《赴京出席 65 周年国庆有感》《澳门回归十五周年有感》等。凭吊中国名胜古迹的有杨缅昆的《游白帝城追记》、叶星的《登腊戌老象山凭眺怒江》、杨缅昆的《游绍兴沈园》、许云的《澳门观光塔》和《高阳台·登黄鹤楼》，等等。中国特有的风俗活动也见于诗歌，如陈樽的《虞美人·鼠年新春致候》等。还有和中国历史文化有关的，如杨缅昆的《读陶渊明》《水调歌头·读苏轼〈水调歌头·丙辰中秋〉之联想》等。此外，就是和中国有关的一些题材或意象，如陈樽的《沁园春·致缅甸胞波》、叶星的《遥望野人山》和《东吁凭吊远征军纪念碑》等。

文选中常见中国格律诗的意象。整体意象或选材的有杨缅昆的《春日咏兰》《夏日咏荷》《秋日咏菊》《冬日咏梅》和许云的《满庭芳·〈香荷颂〉》、许均铨的《卢园池中松》，等等。中国文化中有梅兰竹菊四君子，荷花也是常吟咏的对象。此外，在诗文中叠置或偶用的那是常态，数不胜数，风雨云霞、花鸟鱼虫、春夏秋冬等经典的中国古典诗歌意象也常常入诗。其中有几类：第一类是常见的文学意象，不完全统计，出现多的有"天""月""春""秋""川""江""泪""涛""龙""凤""酒""茶""梦""魂""菊""夜岁""东方""英雄""旧事""桑田""桃李""金秋""人间""清影""河山""赤胆""铁骑""春风""乡思""夕阳""孤帆""孤雁""芳草""游子""烟雨""斜阳""流水""落花""苍天""画梁""往事""珠玑""犬吠""清秋""荷塘""青冢""神州""山河"等；第二类是在某些广为传颂的作品中的经典意象，如"蒹葭""渔火"等；第三类是因中国诗词或诗人而创造的意象，如"陶公""陋室""斗米""樊篱""暗香""东篱""寸草心"等；第四类是中国文化中的意象，但中国诗词中频率不一定高的意象，如"嫦娥""黄河之水""长城"，等等。

比较有意思的是，在格律诗作者中，部分作者几乎不用中国传统意象，部分作者偶尔用，这可能和个人的文化修养、审美特点与写作习惯有关。文选中现代诗歌的中国格律诗词的意象出现较少，奇角的现代诗《驼铃》中有"丝绸之路""唐朝"等意象，大汉血马的《远行人与故乡》中有"云南米线""中国远征军的纪念碑""国军叔叔"等。当然，也有缅甸华文诗歌中常见但在其他国家或语言的文学中少见的意象。其实，在中国古典诗词中常用的意象完全可以用在现代诗中，也许也可以用在其他国家和语种的文学创作中，如果可以，无疑是对文学意象的极大丰富。"在远离中国本土的东南亚华文诗歌创作中，不同代际的华人作家对中国地理、政治和文化的想象已经不仅仅只是纯粹的文学审美活动，更关乎想象主体在特定权力空间中客观现实的生存境况和文化境遇，也与东南亚各国不同历史时期具体的政治文化生态语境密切相关。"①大量的中国意象并不仅是意象而已，而是有着相应的丰富内涵。

二、缅华诗歌的跨文化

很多缅甸华文诗人既受中国文化的熏陶，也受到所在国家或地区文化的影响，他们很多人曾经在几个国家生活过，这样在文学创作中兼具双重或多

---

① 张晶：《东南亚华文诗歌的中国想象》，武汉：武汉大学出版社 2010 年版。

重文化身份。由此，这些诗人的诗歌就有了跨文化的特点。跨文化创作中常见的是文化的交融或渗透、文化的碰撞或冲突、文化的排斥或优势、文化的疏离或亲近等。

缅甸华文诗歌中，中缅文化的交融和对中国文化的亲近在格律诗词中显而易见，但是现代诗歌不明显或很少（现代诗的很多年轻诗人是土生土长的缅甸籍）。对缅甸社会活动的关注在现代诗中可见但在格律诗词中少点。不过关注是可见和有限的，那些诗人们直接写缅甸社会生活的诗篇还是可数的，至于缅甸社会的一些敏感话题或热点事件更是罕见，更别说有讽谏之类的作品。

缅甸华文现代诗描绘的缅甸生活万象，也带有缅甸文化的精神内涵。缅甸文化的精神内涵主要体现在佛禅入诗。而对社会万象的描写如同康宁英所说："可以看到仰光大金塔的金光灿烂，古都曼德勒的皇城沧桑，如花园般的彬乌伦市、腊戍山城之美，缅甸掸邦的风土人情，缅甸乡镇（山芭）生活，克钦邦的边陲小镇，如诗如梦的缅甸翡翠，又见到 20 世纪 40 年代抗日战争的硝烟，看到远征军在缅甸这块土地上的英勇战绩，等等。"[①]

（一）缅甸图像

抹谷是隶属曼德勒的缅甸小城，转角的《抹谷雨》是抹谷的"清明上河图"。《抹谷雨》先从抹谷的雨写起，接着写抹谷城，依次又是抹谷路、抹谷河、抹谷土、抹谷山。抹谷的风土人情、山川地貌、人物建筑、欢喜悲忧、特点特色和诗人的经历、情感融入其中，好比是艾青的《大堰河》。号角的《早安，仰光》则是仰光的街景横截图，主写一条巷子里的风景、人物和活动，好像一张照片，简洁明快又一目了然。缅甸是世界上著名的玉石产地，奇角的《缅甸玉》同样很有特色，没有夸赞而是叹惋和怜惜。伊温的《佛的足迹》以游记的形式展现了缅甸的各地主要佛教名胜，如罗迦南达塔、瑞喜宫、甘勃莎皇宫、敏同金皇宫、千勇波德堂、乔达基卧佛等。他的《飞天看塔》也是串接几个地方的风景名胜，并不具体描绘景致。整体来看，诗歌中没有形成完整或丰富的缅甸图像，大多是一些碎片化或模糊化的图景。对于年轻的现代诗作者来说，或许是诗艺或阅历的原因，但是对于老一辈的格律诗作者来说显然另有原因。

格律诗部分，关于缅甸的诗歌有一些，不过限于描绘景致、记录活动等，

---

① 康宁英：《缅华文学作品选》，澳门：经纬出版社 2015 年版，序。

同样没有深层次的对于文化的展示和对于当前时世的议论。描绘自然风光诗歌中：刘贤敬的《瓦城护城河》《瓦城古宫》《吟东塔曼湖》《情人桥》等全部是歌咏风光，如"背靠群山环峻岭，前瞻白塔绕伊江"和"东塔曼湖扬碧波，小舟穿度唱渔歌"等；姜鸿明的《甲午冬游曼德勒皇宫》组诗内容丰富一些，在写景中涉及历史、感怀和议论，如"赤胆宏开敏东志，忠心缔就蒲干王""沉浮应是平常看，国运添香颂永昌""旧梦新人惊迭变，重扬履步着丰亨"等。叶星的《中缅一口井》涉中缅情谊，《过丙伍伦天堑侨》主要是写天险。姜鸿明的《直桑岱点灯节登直敢山感怀》题目与民俗活动有关，其7首诗歌并没有写点灯节，也没有写缅甸的社会生活和自然风光，主要是个人在节日的身世之感和离愁心绪等。描写生活富足、人民安乐的有晨阳诗歌：《茵莱湖水上农庄》："掸邦乡水泽，吊脚屋蜗居；湖上填肥土，耕耘衍养舒。"《蒲甘搭船至瓦城》："伊江自北向南流，逆水行舟至瓦楼；两岸风光观览尽，心胸神爽在中州。"上述诗句虽然简略但在感情上浓烈，是少见的正面赞美在缅生活的诗歌。直接描写民俗活动的是晨阳的2首诗：《缅甸人踢藤球》写踢球的主要动作、历历在目；《缅甸和尚化缘》是对和尚化缘活动的素描和赞颂；《茵莱湖单脚划船》写划船的主要活动和高超技巧。晨阳是唯一一个有多篇作品直接写在缅生活的诗人，也是一个对缅生活直接肯定的诗人。

（二）佛禅入诗

中国诗词也受佛禅的影响，但是主要体现为作家观物取象的特点和作品的整体意味，却很少直接取材佛禅或采用佛禅意象。这点上缅甸的华文诗歌与中国诗词有同更有异。《缅华文学作品选》中的诗歌常以佛禅入诗，具体来说，主要为：直接以佛禅为题材；佛禅形象为意象；主题方面的佛禅意识；佛禅的观物出世态度或方式；顿悟式的创作及偈语式的短诗。这方面格律诗并不明显，现代诗却鲜明一些，可能是格律诗和现代诗的作者的文化身份不同。小乘佛教公元前三世纪传入缅甸，在公元十一世纪时成为缅甸居民普遍的信仰并且延续至今，并曾为国教。缅甸男子到一定年龄都必须出家当一次和尚，社会上才承认其成人，还俗以后才能结婚。那些缅甸移民过去或后来离开的诗人的作品中佛禅因素很少，但是生于缅甸的诗人的作品在这一点上时常体现。

方角的《未来》以佛家创世救民贯穿全诗，"万民扣着佛光醒来"直接以佛禅形象为意象。他的《雾与悟》中的"在人下是常　人上是无常／　在人海是悔　人心是无悔"，哲思中富含禅理，结构类似于佛家偈语。缅甸人受佛教思想影响，喜欢捐赠施舍，据说随处可见免费提供的饮水等。号角的《早安，仰光》中就有大量的描写："狭巷的檐角/随处挂满十一月的稻穗/麻雀、乌鸦、鸽子、乞丐/比丘和比丘尼/共同分享人们善良的施舍//一年四季吊挂的陶瓮/在行人穿梭的菩提树下，禅定/瓮中之水冰凉如泉/饮此一瓢吧！朋友/真诚的感受这个城市的馈赠。""骠国的乐音婉转如美丽的水舞/远方的梵唱与化缘的钟声直捣我的心原"，号角的《旅途》也出现了佛禅意象。一角的《慈悲》包涵佛在我心的思想，如"时不时/捂捂胸口/给失温的心/暖暖"。凌角的《心魔》如是："你是辽阔海洋/风口浪尖是你/你是温驯骏马/悬崖万丈是你/你是善良小孩/凶猛野兽是你/你是纯净女孩/放荡自身是你/你是宁静午夜/心河决堤是你/你是善良天使/地狱魔鬼是你。"佛家注重消除心魔得真道，恶是心魔的体现，知如是才可能更好理解凌角诗歌中的系列意象蕴含的佛禅思想。文选中很多的诗歌属于顿悟的产物，形式上的简短和哲理的隐含也类似偈语，或许是佛家偈语的启迪，如转角的《风和云》、张美仙的《水》、广角的《目光囚徒》、风角的《思念》、海角的《对话》、凌角的《灵犀》和《抹谷雨》中的一些短诗等。

格律诗中和佛禅有关的大多是描绘佛寺或佛塔、叙写佛事和赞颂僧人或祈祷安乐等，主要是素材为佛禅或主旨为佛禅，但是没有现代诗所具有的玄妙的佛禅观物或佛禅为理。晨阳的《缅甸和尚化缘》属于写佛事，《仰光瑞德宫大金塔》之"仰光瑞德宫金塔，钻石冠簪灿烂；历史年悠环社稷，巍然矗立永昌隆"是颂扬佛塔和佛教，《缅甸蒲甘》则是赞颂浮屠独特和佛僧佛法精湛。叶星的《腊戌观音寺》主要写寺内佛事入规、香客如约、我心向佛。许云的《甲午春上瑞德贡大金塔有感》特别一些，是由佛装想到不慕名利的生活方式，是写佛而能不拘于佛。姜鸿明的《直桑岱点灯节登直敢山感怀其二》中"冷月当窗花弄影，禅心未悟性难平"的诗句写与佛禅有距离，属于另类。林枫的《蝶恋花》词中则是盛赞佛事："日丽花香晨色好。金顶辉煌，风送经声袅。塔上祥云飞百鸟，佛前跪拜平安保。"姜鸿明的"梵音四处醒凡混，游子深更赋韵轻"也有佛教意象。

三、缅华诗歌的边缘化

世界文学史中，东南亚文学处于边缘化；东南亚文学中，华文文学处于边缘化；华文文学中，海外华文文学处于边缘化。华文文学"一是远离中原主流文化或文学传统中心，不论在地理空间还是在文化空间，都处于母体文化的边沿或边缘地带。一是在居住国主流文化中，是一种外来文化或少数民族文化，只能是无可奈何般如花自开自落于边缘"。这样就不难理解为什么缅华诗歌不问世事，很少有作品深入全面地写缅甸。①

缅甸华文诗歌中的边缘化体现主要有，对文化身份的焦虑和茫然，旅居他乡的漂泊感和流浪感，对故乡的思念和祝福，身在异乡的愁绪与怅惘，等等。

（一）身份与漂泊

语言无疑是文化身份的标志之一。缅甸华文教育历来并不发达，政府历史上一直不支持华文教育，对华文身份的待遇可想而知。同样的是华文创作也是一波三折，虽然有过繁盛，但很快陷入低潮。失去了语言和文学上的平等地位，也就没有了文化上的平等，对于文化身份的思考自然而来。在中国生活的华文创作者，除了少数民族，一般很少探讨身份问题。相反，在殖民地区和话语霸权严重的地方，会产生身份的焦虑。

对身份的书写，最心酸的是人不如他物的喟叹。许均铨的《卢园池中松》这样写："孤松孑立藕塘中，别却青山烟水笼。万物枯荣皆造化，人间际遇亦相同。"松立藕塘，是一种空间上的错位，犹如人之移居。松在山中为松，松在池中是什么？这首诗深究起来，可以理解为对自身矛盾或多重文化身份、处境的尴尬境地的自传。与此相似的是刘贤敬的《兄弟情》："春风一阵寄思情，独自飘洋数落英。借问流花何处去？同株异地羡田荆。"迁居他处的人，居然有点羡慕生于田土中的苗木。方角的诗《谁》也许有隐晦或间接地叩问身份的意味，诗中"我是甚么"虽然没有"我是谁"来得直白，但是猜测弦外之音还是可以的。对身份的表达，转角《风和云》用了比拟的手法："四处漂流的你/总有归还的一天/像风一样……川雨//四处行走的我/总有回来的一天/像云一……转角。"从诗文观之，诗人自况为风和云，但那是飘忽不定的、没有名谓的。还有一类是对自己文化身份的强调，如许均铨的"五洲漂荡仍华族，四海移迁属客家"。林枫的诗句"无边细雨，无穷落木，无根行客。伊江北飞雁，望天涯相隔"则是一语道出天机：根在哪里？没有根，身份如何定？

缅甸华文诗歌秉承华文诗歌善写离愁别恨和漂泊浪迹的传统，但又不同。主要不同是缅甸华文诗歌更多写不堪的漂泊之苦和浪迹天涯的无奈，此类诗歌在中国文学史上大多是那些家国离散或特殊人物才有，如李清照、李煜等人。

---

① （澳大利亚）庄伟杰：《解读海外华文诗歌的三个关键词》，《东方丛刊》，2009 年第 3 期，第 170 页。

当然这也和诗人自身有关，因为同样为格律诗，很多诗人并没有此类的作品。即便如此，这类诗歌还是为数不少。杨缅昆诗句云"纵有九重琼宇，怎载千年离恨，清影不堪言"就是写离恨无限苦。姜鸿明这方面的诗句比较多，如"异乡游子多心事，玉砌金雕百尺梁"，有点神似李白的"白发三千丈，缘愁似个长"。他的"物是人非事已迁，世间哪有月长圆？孤帆远影伊江尽，百塔金光枯树眠"富含中国诗人对这个主题含蓄之美，"今朝多少分离恨，昨夜枯荣得失因"则带有反思。至于"徘徊月下酒瓶小，且把炎凉付雅琴"则是感慨世态炎凉了。林枫的此类诗句另有特色，那就是重写漂泊行历和归聚无望，如"不识人生愁味道……雨打浮萍欢聚少，伊江梦断天边晓""域外难通尺素书，关山万里故人疏。江湖浪恶叹沉浮。书剑飘零走泰涯，湄南河畔建商家""书剑飘零过海涯，象国西界谪居家"等。当然林枫的诗句也有写浪子情义的，如"一片蒹葭游子意，千山落木夕阳斜"，化用了"浮云游子意，落日故人情"的诗意。有些诗人的作品对于漂泊倒是为之坦然或另有侧重，如许均铨的"渡海飘流赴美洲，离乡忍泪别神州，南洋创业艰辛事，永载雕楼史册修"写漂泊和艰辛。

（二）故乡与异乡

在那些出生在中国，后来曾经或一直在缅甸生活的诗人中，怀乡题材也是主要的几大题材之一。相比而言，那些出生在缅甸的诗人几乎很少有此类作品。由于身份的原因，那些生在中国身在缅甸的诗人，或许有深深的边缘化的感触。原因主要有：由于文化传统的原因，中国文化讲究报效桑梓和落叶归根，这样在异乡就有一种莫名的惆怅和无奈；由于生活环境的变迁，很多人难免有他乡为客的感觉，乃至于精神上水土不服；三是在政治生活中的弱势导致的"多余人"心理。所以，缅甸华文诗歌中怀乡的诗歌主题不仅仅是停留在对乡情的咏叹和故园的思念上，而是充满背井离乡的愁绪和身处他乡的怅惘。这种情感比国内华文诗歌深重而且多了几分悲情。

大汉血马生于浙江，1955 年归国，先后在中国多地工作，诗歌中题记故乡是缅甸。大汉血马的《远行人与故乡》叙写自己与故乡的离合和在故乡时的衣食住行。"真实的是，自己回不去了——/故乡的珍贵，/恰在于它已在我生活中远离，/故乡一直在等我/它是文化上、想象中的存在/生活在别处，前程/——在远方。"如他的诗歌所言，故乡远去不可及，沦为文化上的指认。

文选格律诗中以故乡和异乡为关键词的诗歌很多，主题可概括为：对故乡的思念和对异乡之感的抒发。表现离乡怅惘伤感的，有林枫的"归侨命里两家乡，梦绕魂牵总是伤"，姜鸿明的"圆月深秋两地愁，思亲暗把泪双流……金杯难醉离乡客，一缕乡思何处酬？"表达乡情不忘、乡关如梦之类情感的，有许均铨的"侨寄异邦萦故里，乡情漫话伴诗吟"等。他的"苏岛濠江路渺茫，南洋客寓每思乡。唱和情牵南国梦，行吟旅结异乡缘"是重在思乡。希望归乡的，有刘贤敬的"一叶孤舟牵梦旅，怀归白发泪盈盈"和"高堂日夜备汤羹，灶上骚除拿手烹。犹记远游归故里，厨房馈玉爱心盛"等。心系故国希图报效的诗句，有高德光的"侨彦只今肩大任，乡心永系汉山河"、康宁英的"游子毋忘族裔缘，侨联盛意把情牵。寻根远赴新宁约，骠国孤鸿好梦圆"和"不辞千里把根寻，欲报春晖寸草心"等。表现远在他乡没有尽孝的感触，数康宁英的"只缘未尽男儿孝，青冢拈香泪满襟"。对客居在外坦然和对家乡新貌欣喜的，有陈樽的"喜见家乡变样，温饱业新兴……老矣此生无悔，愿青山埋骨，代代红星。望长城万里，不再梦魂惊"。表达对故国文化眷恋的，如许云"骚人自古缺知音，欲学唐风山麓寻"等。此类主题或题材的诗，可以断言，将会在很长时间内还存在。

在艺术上，缅华现代诗也紧步欧美文坛，如创作观上的艺术生活化和文化消费理念，选材上的都市与工业倾向，审美风格上的以丑为美，手法方面借鉴西方文学技巧，语言上对能指与所指的颠覆，意象上的开掘等方面都有大量尝试和成功案例，这方面有个别文章论及，限于篇幅只能另文探讨。

从长远和大处看，对海外华文文学的研究是中国文化保护与发展的不可或缺部分，华文研究者和创作者都有义务和能力给予高度关注和积极努力，不能因为现在海外华文文学偏安一隅而漠然视之。相比对于欧美文学和中国文学的研究，海外华文文学（特别是缅华文学）研究寥若晨星，实在值得深思。

作者简介：

苏葆荣，钦州学院人文学院讲师，比较文学与世界文学硕士，钦州市文艺理论家协会会员，钦州市作家协会会员，已发表文学作品 65 000 余字，邮箱：1207375303@qq.com。

用时光和灵魂建构的诗歌世界

——浅谈文莱诗人孙德安①的诗歌写作

高 力

很多时候，评论或者演讲的开头第一句话总是最艰难的，现在我已经解决了这个问题。很多人可能希望我在接下来的发言中谈论更多的是孙德安的诗歌，但其实，我更愿意与大家一起去分享诗人写作的乐趣和经验。

我一口气读完了文莱诗人孙德安的 100 首短诗，这听起来似乎不可思议或是在矫揉造作，但这是确确实实的事情。当我的目光穿过凌晨一点的寂静停留在那些诗歌上时，我的内心变得无限平静，那些长短有序、带着思想光芒的字句让我长时间地停留在一个个诗歌的世界里。

一、在静谧的时光中静静打捞人生的重量

孙德安有他的写作源头，即对生活深入的发现和感知，在静谧而漫长的时光中静静打捞人生的重量。

白纸/黑字/写出一生坎坷 /白头/黑牙/告诉你半辈子辛酸苦辣

任何一位诗人对时光和生命的把握几乎都源于他日益沉静的内心，孙德安的诗歌是带有强烈的生命感的，就像是一条河流，我们可以从中听到那缓缓流动的声音。这首《写》，短短七行的诗句，却写出了诗人对隐秘生活的感悟，那是一种沉静的把握和透视。孙德安仿佛坐在时光的另一面，静静地

---

① 孙德安（1942—），祖籍福建厦门，毕业于台湾政治大学外交系，任过教师、校董等职。他是第一届文莱留台同学会会长，现任文莱华文作家协会会长、文莱中华文艺联合会主席。孙德安热心文学事业，在他的努力之下，文莱成功举办过几次重要的国际会议，比如 2002 年的"亚细安华文作家文艺营"，2005 年的东南亚华文教学研讨会，2006 年的"世界华文微型小说研究会"，2012 年的"东南亚诗人笔会"等。主要作品有《千年一顾》《百年一得》《期待（六人合集）》《文莱河上图》，主编"名人笔下文莱""和平之乡"。

关照着从他身边轻轻经过的人和事，与自己相关，又与自己无关。再来看看这首：

财产全捐出了/后事安排好了/一身轻/等 等 等/天堂的大门/咿呀，咿呀/打不开/充血的眼睛/死瞪着/自己的末日

我们不禁要发出这样惊叹的疑问：诗人是在向往死亡吗？抑或是一种历经世事之后的从容与淡定？我想，这与生死无关，诗人是渴望一种心灵和精神的回归，渴望一种生活的释然和解放。"充血的眼睛/死瞪着/自己的末日"，诗人在与自己的生命相互审视，要把那些残缺的、悲凉的、幸福的或苦难的人生片段一眼望穿，用灵魂的子弹一一击碎。在孙德安的诗歌中，对于人生这样有力度的锤击的诗句常常会让我们震撼。例如：《蚊子》中"痒肿/一条生命的墓碑"，在诗歌《夜》中"躺在月光胸怀/梦一夜幸福"。我想，对于那些不了解孙德安诗歌写作的评论家和读者，当他们读到这些带着深度思辨和灵魂音符的诗句时，他们或许都会像我一样，获得了对孙德安的总体感受：那是一位善于用灵魂去思考人生和写作的诗人。

二、故土情怀，淡淡的忧伤划过温暖的水面

故土永远是我们内心最沉重的部分，孙德安是一名华侨，祖籍在中国，长年远离故土让他不得不通过诗歌的形式回家，回到那一片曾经埋葬他先人的土地。在《身份》中：

爷爷坐船唐山来/穿唐山装讲唐山活/自称唐山人/爸爸生在番地/读中文讲国语/被称中国人/自己出生南洋/读华文讲华语/人称华人/孩子深造回来/一家是多国人/婿妇是黄黑白人/人称小联合国

诗人表面上是需要一种身份上的认同，但实际上，诗人更想表达一种远离祖国故土的淡淡忧伤。作为一名诗人，孙德安曾多次让诗歌带着他漂泊的心回家，他试图在这个往返的过程中抵消生活上的沉郁、伤痛与不幸。而更多时候，诗人采取的方式不是对抗和反讽，不是通过过多的忧郁和伤感去渲染自己内心的思乡之苦，而是借以对祖国的歌咏、颂扬来描绘自己的情感图像，脉络是那样的清晰而深刻，以至于长城、北京奥运会、黄河、闽南、乡音等意象在他的诗歌中多次出现，成为了他诗歌里醒目的标志，成为他灵魂深层不可揭移的邮票，成为他的生命存根。

"真正的诗人一定是有故乡意识的""优秀的诗人在追求做一个扎根大地

的诗人，他们甚至会视故乡为真理"（宗仁发）。在这里，我无法准确地定义孙德安内心的第一故乡是哪里？如果中国被诗人视为自己的第一故乡，那么文莱便是诗人的第二故乡。或许我们可以从诗人这首《迁移》中洞察到诗人精神故乡的迁移轨迹：

祖先/埋葬在中原/爷爷/埋葬在闽南/爸爸/埋葬在南洋/孩子/远征在西洋

孙德安出生在文莱，那里动荡起伏的蔚蓝海面、清新柔软的沙滩、发达的河流水系、浓郁的风土文化，陪伴着诗人在生命中成长，也成了诗人频繁的诗歌意象来源，诗人正是通过对这些意象的一次次捕捉、汲取、组合和抵达，为我们构建了一幅幅丰富的诗歌图景：

晨钟轻敲小舟过桥/青山披纱花姿窈/风吹旗飘/师生互招/屋张千脚玩浪泡/撒网垂钓/轻柔祈祷/蓝天白云陪烟绕/船返妻娇/夕阳微笑/滚滚江水奔天角

这首《文莱河上图》，不禁让我们想到中国北宋画家张择端的《清明上河图》，作者通过散文化的叙述方式，简洁明练地描绘了文莱河上恬淡悠然的日常场景，表面自然、淡静和平衡，但却力图静中有动，静中不安，在稳定而规范中找到另一个自己，把个体的有限、人生的思考和故土的情怀显现出来。

三、对语言的精炼处理和节制抒情

读孙德安的诗歌，几乎不会让人感觉到要穿越那些复杂的意象森林和语言困境，他的抒情是节制而不轻易地，诗歌语言总是那样的平淡和朴素，像幽静的湖面上聚拢的一层雾气，只要轻轻地呼吸便可感受到诗歌爽朗清新的味道。这么说并不是在怀疑诗人缺乏功力，更不是在指出其诗歌语言没有深度、没能给予读者更多想象和思考的空间，而是节制的抒情和对语言的日常化处理已经成为了诗人的一种特质。这是多么难能可贵的事情，一个诗人的写作在于经历了不断的探寻和摇摆后固定下来并形成自己的风格。且看这首《灵感》：

这一夜/我又在书桌执笔/灵感发现了/这个鬼灵精/跑出窗外/化成蝴蝶/快乐起舞/又化为蝉/高声歌唱/我打开心窗/又掀翻窍门/默默等待/清晨/我拗不过睡意/她趁我沉睡/偷偷回来/白天/白纸仍然清白

灵感是可遇而不可求的，是虚无缥缈的东西，它稍纵即逝。许多诗歌创作者大概都有过这样的经历：入睡前突然而至的灵感让我们直接跟诗歌达成了某种默契，并在自己的内心升起了很是令自己满意的诗句，但我们却说服不了自己爬起来打开灯光把它们记录下来，第二天醒来很努力去想却没有了昨晚的感觉。孙德安在此把这种情境处理得很巧妙，他写到灵感是鬼精灵、蝴蝶和蚕，写到自己一次次为它打开心中的那扇诗歌之门又一次次闭上，语言很简洁、清澈、自然和富有想象力，赋予了它有形的、具体的、可变换的形象。诗歌的难度在于一种适度的复杂性，它是诗人个体与公共话语的某种反差和错位，这样才会出现带着偶然性的诗意，相对于那种过度渲染、反反复复的叙述方式，反而更容易收获诗意的惊喜。这也正是孙德安处理诗歌的一贯态度和风格。他在面对生活中的俗世景象时，索性深入其中并自然地浅出，不热衷于咄咄思辨与讲理，却也不悲观，其平实与素朴在自我成长中，像一条抛物线准确地掌握目标和方向，并与读者在艺术上殊途同归。再看看孙德安的这首《历史》：

版本一样/不断重演/争权夺利/只是重改台词、戏服/重新派出新的演员出场

和孙德安其他作品一样，《历史》这首短诗用凝练的方法取代了雄辩和口水泛滥的叙述。短诗区别于长篇叙述诗的优势在于，它精悍内敛，蕴含着巨大的想象空间，带着深层次的隐喻。孙德安的诗歌创作主要以短诗为主，讲究一种节制的写作和抒情，那大概是在诗人的创作追求中，断然不想去随意亵渎一张白纸的纯洁，而是把自己内心的情感通过简短而精确的语言表达出来。诗歌写作是一门凝练的艺术，瑞典诗人特朗斯特罗姆说过："诗是最浓缩的语言。"它容纳了所有的感觉、记忆、直觉和知识……在诗歌的另一端，离诗最远的地方，则是一种充满水分的语言，比如唾沫四溅的演讲。

四、远离低级趣味的写作和对日常生活的深入发现

在孙德安的诗歌里，我们几乎没有看到暴力、色情、下流的语言，相反，他始终以那些朴素、纯净、天然的词语精心地构筑自己的诗歌家园，就像用泥巴、木头、石头盖房子那样，孙德安自觉远离当下汉语诗坛的一些非正常的写作现象和低级趣味，没有一点诸如口语诗歌、下半身写作、梨花体、垃圾派等诗歌流派倡导的写作方式。其实，无论是小说还是诗歌，或是其他艺术，都在努力寻找一个自我的形象。诗人不同于小说家，小说家要在虚构的作品中创造一系列的形象，诗人以其全部的作品，也许只需创造出一个形象，但这个形象不是来自于虚构，而是出自真实——他一定就是身困尘埃的诗人自己。

孙德安的诗歌一般从日常生活切入：比如做梦、在河边散步、旅行、参加文学聚会，等等。对于诗人来说，生活处处是诗歌，那些长短排列、带着思想光芒和内心波浪的文字，仿佛就蛰伏在他的周围，随时都会跳出来。他的诗歌常常直接、坦率、而又自然，常常采用日常的意象和隐喻来塑造内心世界，把情感埋藏在安静的文字里：

海风吹醉了夕阳/吹奏了滔浪/吹乱了思绪/浑噩的年代/我依旧傻傻地在寻觅/寻觅着那个熟悉/纯净的梦/沙滩开始静美

《海风》这首诗歌从一次生活的事件中出发，让日常普通、缺少表达能力的意象和语言自然地显现出来。和梦一样，海风是虚无缥缈的，需要用身体和内心去感受。诗人对一场海风的描述，即是对当时生活年代的感想，诗人最终在自己的追求中，看到了静美的沙滩。诗歌需要给予我们的，正是这样的一种感受，而不是再认识（如分析、雄辩、夸夸其谈，等等）。

在孙德安的诗歌中，我们还常常看到他对诗歌和诗人的思考，那或许正是一个精神意义上的诗人去考虑和解决的问题。在《归来吧》这首诗歌中：

归来吧！诗人/你的命不像但丁/不须亡命天涯/客死他乡/归来吧！诗人/你的远不像屈原/何须流落江南/终投汨罗江/归来吧！诗人/你在漂泊/你在寻找/你在迷茫/和平之乡是你的家乡/归来吧！诗人/你不是亡命/你不是流放/你更不是难民

诗人对于孙德安来说是一个神圣的殊荣，诗歌写作是来自内心的东西，和我们的理想信念情同手足。在这首诗歌中，与其说是作者对诗人的呼唤，不如说是诗人的一幅自画像，诗人对自己的思考。在现代社会，公务员或公共汽车乘客一旦发现自己正在与诗人打交道，就会变得难以置信，甚至会惊慌失措。所以，诗人始终是一个怀疑论者，不断地怀疑世界的同时也在怀疑自身。诗歌对于很多人来说，很有可能就是一块禁区，而诗人正是那敢于涉足禁区的灵魂跋涉者。

综上所述，孙德安的诗歌自觉地远离了当下诗歌流行的晦涩、玄幻、卖萌和走秀，保持着一个诗人的清醒，通过对大家喜闻乐见的日常琐碎的发现和思考，将其诗意地呈现在我们面前，是那样的朴实而自然，精确而迷人。以至我在读完他的诗歌作品时，就像看到了自己诗歌写作最满意的一面，但同时又自感惭愧，为他所坚持而我放弃的，为他所抵达而我无力的……但孙德安的诗歌写作同样存在着很多问题，比如：对诗歌意象的过于简单处理，语言仍然缺乏必要的深度和技巧，在很多诗歌作品中没能给予读者更多的感受自由和思考空间，更多时候只是在用词语写作而不是语言写作，缺乏真正能够吸住目光和震撼心灵的大作品。

其实，诗歌自始至终都在指向我们的内心和生活，诗歌写作其实是给我们去思考自己和世界的时间，好的诗歌会暴露我们身上的丑陋、隐秘和不安，同时也纵容着我们生命的自由、宽广和寂静。在以后的诗歌写作中，如果孙德安能尽量去处理好以上的几个问题，将更加复杂的人性生存面貌与生命体验的分裂感充分表达出来，那么无疑会让他自身和读者收到更大的惊喜。

作者简介：

高力，男，北部湾青年诗人。